DRESSLER

Sabine Ludwig

HILFE,

ich hab meine Lehrerin geschrumpft

Dressler Verlag · Hamburg

Eine Auswahl der bisher im Dressler Verlag
erschienenen Bücher von Sabine Ludwig:

Serafinas Geheimnis – Dreimal schwarzer Kater
Pandora und der phänomenale Mr Philby
Hilfe, ich hab meine Lehrerin geschrumpft (Bd.1)
Hilfe, mein Lehrer geht in die Luft (Bd. 2)
Schwarze Häuser
Die fabelhafte Miss Braitwhistle (Bd. 1)
Miss Braitwhistle kommt in Fahrt (Bd. 2)
Miss Braitwhistle hebt ab (Bd. 3)
Klassentreffen bei Miss Braitwhistle (Bd. 4)
Aufruhr im Schlaraffenland
Die schrecklichsten Mütter der Welt
Der 7. Sonntag im August
Die Nacht, in der Mr. Singh verschwand
Der Mädchentausch

MIX
Papier
FSC FSC® C014496

Originalausgabe
11. Auflage

Poppenbütteler Chaussee 53, 22397 Hamburg

Einbandillustration: Isabel Kreitz
Satz: Dörlemann Satz, Lemförde
Druck und Bindung: GGP Media GmbH,
Karl-Marx-Straße 24, 07381 Pößneck, Deutschland
Printed 2017
ISBN 978-3-7915-1198-6
www.dressler-verlag.de
www.sabine-ludwig-berlin.de

Ich heiße Felix Vorndran,

und man braucht nicht viel Fantasie, um sich die blöden Bemerkungen vorzustellen, die ich mir wegen dieses Namens anhören muss. Manchmal wünschte ich, meine Eltern hätten sich bei ihrer Heirat auf den Nachnamen meiner Mutter geeinigt. Neumann ist so ein richtig schön langweiliger Allerweltsname. Aber mein Vater ist Architekt, und als er meine Mutter kennenlernte, hatte er gerade einen wichtigen Wettbewerb gewonnen, für den Entwurf einer Schwimmhalle. Das Dach schwebte sehr elegant in der Luft, und wahrscheinlich ist das Schwimmbad deswegen auch nie gebaut worden. Aber mein Vater bekam den ersten Preis und sein Name stand in der Zeitung. Da wollte er ihn natürlich behalten.

Im September bin ich zwölf geworden und seit den Sommerferien gehe ich in die sechste Klasse des Kaiser-Wilhelm-Gymnasiums. Das zumindest stimmt. Das steht schwarz auf weiß auf meinem Schülerausweis. Da ist sogar der Schulstempel drauf. Und mein Foto. Obwohl, das auf dem Foto könnte auch jemand anderes sein. Als der Fotograf in unsere Klasse kam und wir uns aufstellen mussten, hat Ella mir irgendwas zugeflüstert. Genau in dem Moment, in dem ich ihr den Kopf zuwandte, hat der Fotograf abgedrückt. Jetzt sieht man auf dem Foto nur meine Haare und die sind ziemlich lang. Aber ich weiß, dass ich es bin. Der Fotograf hatte es furchtbar eilig – wir waren die fünfte Klasse an diesem Tag, und er war genervt, weil Mario die ganze Zeit irgendwelche Verrenkungen machte und beim Gruppenfoto seinem Vordermann mit gespreizten Fingern Hörner aufsetzte und weil Robert mit seiner Luftpumpe herumfuchtelte.

Ich sehe das alles noch deutlich vor mir, aber hat es sich auch so abgespielt? Ich kann meiner Erinnerung nicht mehr trauen. Seit dem 25. Oktober. Ich erinnere mich zwar genau daran, was an diesem Tag und auch an den folgenden Tagen geschah, aber ich könnte nicht mehr beschwören, dass sich alles auch so abgespielt hat. Ich habe keinen Beweis, nicht einen einzigen. Dabei hätte ich nur mal zur Digitalkamera meines Vaters greifen und ein Foto oder auch zwei machen müssen. Aber Fotos kann man manipulieren, es ist ein Kinderspiel, einen Zweimetermann so mit dem Hintergrund zusammenzumontieren, dass es aussieht, als sei er ein Zwerg. Nein, auch ein Foto wäre kein Beweis gewesen. Den einzigen richtigen Beweis, den ich hatte, hab ich mir wegnehmen lassen. Kein Wunder, dass mir niemand glaubt.

Ich habe beschlossen, alles aufzuschreiben. Tag für Tag,

Stunde für Stunde. Vielleicht kann ich dann entscheiden, ob alles nur ein Traum war oder Wirklichkeit.

Heute ist Mittwoch, der 6. November. Ich weiß nicht, wann ich mit meiner Geschichte fertig bin. Meine Deutschlehrerin meint immer, ich muss aufpassen, dass ich in meinen Aufsätzen nicht abschweife und von Dingen erzähle, von denen sie findet, dass sie mit dem Thema nichts zu tun haben. Ich schreibe eben gern. Wenn ich einmal angefangen habe, fällt es mir schwer, wieder aufzuhören. Aber ich werde mir Mühe geben, diesmal bei der Sache zu bleiben. Versprechen kann ich es allerdings nicht.

Freitag, 25. Oktober

Auf der Brücke blieb ich stehen. Wie jeden Morgen. Ich blieb auf der Brücke stehen und schaute ins Wasser. Dann konnte ich mir einbilden, nur einen Spaziergang zu machen. Ohne bestimmtes Ziel. Einfach so. Durch die Birke am Ufer fuhr ein leichter Wind, es sah aus, als schüttele sie sich den Schlaf aus den Zweigen. Kleine gelbe Blätter lösten sich, trudelten durch die Luft und landeten so sacht auf dem Wasser, als setze eine unsichtbare Hand sie dort ab. Und langsam, ganz langsam, als hätten sie alle Zeit der Welt, trieben sie gen Norden. Ob sie wohl jemals im Meer ankommen würden? Ich hatte keine Ahnung, in welchen Fluss der Kanal mündete. Bestimmt hatten wir das mal in Erdkunde gelernt. Schule! Verdammt! Ich sah auf die Uhr. Sechs Minuten vor acht. Das war nicht mehr zu schaffen. Nicht zu Fuß. Hätte ich doch bloß mein altes Fahrrad mit in die neue Wohnung genommen, dachte ich, während ich über die Brücke in Richtung Kaiser-Wilhelm-Platz lief. Das Rad war zwar längst zu klein für mich, aber immerhin besser als gar keins.

Vier Minuten nach acht kam ich völlig außer Atem vor

der Schule an. Kein Schüler war mehr auf dem Hof. In einer Ecke fegte Herr Michalski, der Hausmeister, welkes Laub zusammen. Neben ihm saß Boss, die hässlichste Bulldogge der Welt, und glotzte mich an. Vor dem Hund des Hausmeisters hatten alle Schüler Angst. Selbst die großen. Man erzählte sich, dass er einmal ein Mädchen ins Bein gebissen habe, weil sie trotz Verbots auf dem Hof geraucht hatte. Als ich jetzt an ihm vorbeilief, knurrte er böse.

»Still, Boss!«, sagte Michalski. Und zu mir gewandt: »Na denn mal hopp, hopp. Sonst gibt's nämlich Ärger.«

»Nämlich« war das absolute Lieblingswort von Michalski. Er verwendete es in jedem zweiten Satz.

Glücklicherweise hatten wir die ersten beiden Stunden Kunst, und Frau Frisch, die Kunstlehrerin, schüttelte nur in gespielter Verzweiflung den Kopf, als ich, irgendwas von einem verpassten Bus murmelnd, in den Kunstsaal stürmte.

Die ersten zwei Stunden am Freitag sind mir die liebsten. Im Kunstsaal gibt es keine festen Plätze. Jeder darf neben seinem Freund oder seiner Freundin sitzen und ausgiebig quatschen. Aber ich sitze sowieso immer neben Ella und auch jetzt quetschte ich mich neben sie. Nicht, weil sie so dick ist, sie braucht nur einfach viel Platz. Zwei Tuschkästen standen aufgeklappt vor ihr, mindestens zehn Pinsel lagen über den Tisch verstreut. Und natürlich mehrere Packungen ihrer Asiennudeln, an denen sie ständig herumknabbert. Ich schob ein Blatt beiseite, auf das sie einen wackeligen Kreis gemalt und ihn mit einem dicken roten Kreuz durchgestrichen hatte.

»Was sollen wir malen? Wahlplakate?«, fragte ich.

»Schön wär's«, sagte Ella. »Da würde ich einfach schreiben: Wählt mich und ihr werdet's bestimmt bereuen.« Sie kicherte. »Nein, sie will ein Selbstporträt. Und ich hatte so gehofft, sie lässt uns gruselige Masken für Halloween machen.«

Frau Frisch, die gerade hinter unserem Tisch vorbeiging, sagte: »Findet ihr nicht, dass ihr schon etwas zu alt seid, um wildfremden Leuten ein paar Bonbons abzuschwatzen?«

»Nein!«, riefen ein paar, und Robert brüllte »Süßes, sonst Saures!« und betätigte wie wild seine Luftpumpe.

»Schon gut, schon gut, ich hab verstanden«, lachte Frau Frisch.

Ich mag sie wirklich gern, sie hat immer gute Laune, aber Kunstlehrer zu sein macht sicher auch mehr Spaß, als Deutsch zu unterrichten oder Mathe …

Ella holte einen Taschenspiegel aus der Mappe und betrachtete sich prüfend, wobei sie schielte und den Mund verzog. »Ich würde am liebsten meine Nase weglassen«, sagte sie. »Erstens sieht sie ulkig aus, und zweitens hab ich keine Ahnung, wie man eine Nase malt.«

»Ich finde deine Nase nicht ulkig«, sagte ich und tauchte den Pinsel ein.

»Ist sie aber.« Ella tippte sich an die Nasenspitze. »Dieser blöde Knubbel.«

Ihre Nase ist wirklich etwas knubbelig. Ella ist auch sonst nicht besonders hübsch. Nicht so wie Jasmin zum Beispiel. Die sieht aus wie eines der Models in diesen Magazinen, die Mädchen immer lesen. Lange blonde Haare, kurzer Rock und so viel von diesem klebrigen Glanzzeug auf den Lippen, dass ich Angst hätte, beim Küssen an ihr kleben zu bleiben. Ich wäre nie auf die Idee gekommen, mich neben Jasmin zu setzen.

Vielleicht ist sie ja in Wirklichkeit ganz nett, aber meistens hängt sie mit den anderen Mädchen rum und jedes Mal, wenn man an ihnen vorbeigeht, brechen sie in gackerndes Gelächter aus. Das kann einen ganz schön nervös machen, weil man nie weiß, ob sie das nur tun, um einen zu ärgern, oder ob man vielleicht vergessen hat, sich im Klo die Hose zuzumachen.

Ella ist anders, sie kichert zwar auch viel, aber meistens kann man ganz normal mit ihr reden. Sie zum Beispiel nach irgendwelchen Hausaufgaben fragen, ohne dass sie gleich einen Lachkrampf bekommt.

Aber das Nasenproblem war echt nicht einfach zu lösen, auch nicht für mich, obwohl meine Nase keinen Knubbel hat.

»Du musst mit Schatten arbeiten, Felix«, sagte Frau Frisch und beugte sich über mein Blatt. »Die Teile, die du hervorheben willst, tuschst du heller, die anderen dunkler.«

Sie roch nach Duschgel und Pfefferminzbonbon.

Ich schmierte Deckweiß auf den Pinsel, zog einen weißen Strich für den Nasenrücken und mischte etwas Grau für die Nasenflügel.

»Das sieht aus, als hättest du was im Gesicht«, sagte Ella. »Einen Nachtfalter.«

Mir fiel das Bild ein, das bei meinem Kieferorthopäden im Wartezimmer hängt. Man sieht einen Kopf mit einem steifen Hut und mitten im Gesicht klebt ein grüner Apfel.

Bei diesem Bild muss ich immer an meinen Vater denken, weiß auch nicht, warum. Aber immerhin hatte ich so die Lösung für das Problem mit der Nase gefunden. Zwei Fühler hier, ein paar Kringel da – und in meinem Gesicht saß ein großer, bunter Schmetterling.

»Der ist da gerade gelandet«, sagte ich.

»Stark«, sagte Ella. »Warum ist mir das nicht eingefallen?«

»Mal dir doch ’ne Kartoffel ins Gesicht!«, rief Mario von hinten. »Den Unterschied merkt keiner.«

»Mit Kartoffeln kann man wenigstens was Vernünftiges anfangen«, gab Ella ungerührt zurück. »Was man von dir ja nicht behaupten kann.«

Ich bewunderte sie für ihre Schlagfertigkeit. Ella fiel immer ein cooler Spruch ein.

Es war wie sonst auch. Mario ließ schwarzen Lakritzsaft aus seinem Mund auf den Tisch tropfen, Robert rollte seine Luftpumpe auf dem Tisch hin und her – er nimmt sie immer mit, wenn er sein Fahrrad abschließt, damit sie ihm keiner klaut –, Dennis boxte Philipp in die Rippen, weil der ihm kein Deckweiß geben wollte. Jasmin und Lara lasen kichernd in einem dieser rosa Glimmerglitzerbücher, in denen es nur um Küssen und Liebe geht, und Daniel und Alexander, die Kapuzen ihrer Sweatshirts tief ins Gesicht gezogen, drückten wie wild die Tasten ihrer Handys. Ein paar wenige malten auch, aber für das, was dabei herauskam, hätte sich jeder Erstklässler zu Tode geschämt.

Frau Frisch hatte es aufgegeben, uns gute Ratschläge zu erteilen, und korrigierte Kunstklausuren.

Ella, die inzwischen als Nasenlöcher zwei dunkle Punkte in ihrem Gesicht platziert hatte, was ihrem Porträt etwas Schweinchenhaftes verlieh, warf ihr einen Blick zu und sagte: »Hoffentlich kriegen wir heute nicht noch Mathe zurück.«

Ich spürte, wie sich an meinem ganzen Körper Gänsehaut bildete. »Glaubst du wirklich?«

Ella winkte ab. »Eigentlich nicht. Schmitti lässt sich doch immer ewig Zeit. Aber es wäre typisch für sie, uns die Ferien zu vermiesen.«

Schmitti! Das war ein viel zu netter Spitzname für diesen Drachen. Frau Schmitt-Gössenwein hatte mir in der letzten Mathematikarbeit eine Fünf plus verpasst. Fünf plus! Das sagt schon alles.

Mein Vater hatte natürlich getobt. »Das haben wir doch alles geübt! Du hast es gekonnt! Erklär mir das bitte!«

Ich konnte es ihm nicht erklären. Dabei ist es in Mathe

immer das Gleiche. Zuversichtlich fange ich mit der ersten Aufgabe an und dann hakt es irgendwo. Ich fühle genau, dass ich mich verrechnet haben muss, aber ich rechne trotzdem weiter, bis hin zu einem Ergebnis, das unmöglich richtig sein kann. Dann beginne ich von vorn, höre mittendrin auf, denn da sind ja noch die anderen Aufgaben, und spätestens an diesem Punkt überfällt mich jedes Mal Panik, und dann ... dann geht nichts mehr.

»Mach zuerst die Aufgaben, die leicht sind, und danach beginnst du mit den schweren«, hatte mein Vater mir geraten. Aber bei Frau Schmitt-Gössenwein gab es keine leichten Aufgaben. Die Mathematiklehrerin an meiner alten Schule hatte mir immer noch Punkte für den richtigen Rechenweg gegeben, auch wenn das Ergebnis falsch war. Frau Schmitt-Gössenwein aber war wie Granit. »In der Mathematik gibt es kein Wischiwaschi«, pflegte sie zu sagen. »Da gibt es nur richtig oder falsch.«

Ich hasste sie!

Ella musste mir meine düsteren Gedanken angesehen haben. »In vier Stunden denkst du nicht mehr daran. Dann sind Ferien. Fahrt ihr weg?«

»Nein«, sagte ich. »Meine Mutter hat zu viel zu tun.«

In der Pause stand ich nicht mit Ella zusammen, da blieben Jungs und Mädchen schön säuberlich getrennt. Mitten auf dem Hof stand eine Eiche, die angeblich von Kaiser Wilhelm höchstpersönlich gepflanzt worden war, obwohl er doch einen verkrüppelten Arm gehabt hatte. Im Zimmer des Direktors hängt eine Fotografie in einem protzigen Rahmen, auf der man den Kaiser mit seinem ulkigen Puschelhelm sieht, wie er mit ernstem Gesicht neben der Eiche steht, die damals noch ganz klein war.

Auf dieses Bild hatte Doktor Klingbeil gezeigt, als ich nach den Ferien mein Aufnahmegespräch hatte. »Wie du siehst, mein Junge, hat unsere Schule eine lange Tradition. Generationen bedeutender Männer …« Mit einem Blick auf meine Mutter unterbrach er sich. »Und später natürlich auch bedeutender Frauen, aber unser Gymnasium war ursprünglich eine reine Jungenschule, sind von hier aus ins Leben getreten und haben den Ruf unserer Anstalt in alle Welt getragen …« Es ging noch ewig so weiter. Dafür sahen die Schüler, die mir an meinem ersten Tag über den Weg liefen, überhaupt nicht bedeutend aus, sondern ganz normal. Aber ich gebe zu, dass mir ziemlich mulmig war, als ich meine neue Klasse betrat. Zweiunddreißig fremde Gesichter. Mario fiel mir gleich auf, weil er mir den Stinkefinger zeigte. Und Robert mit seiner Luftpumpe. Und dann Ella, aber nur, weil neben ihr ein Platz frei war. Und weil sie die Einzige gewesen war, die mich angelächelt hatte.

Jetzt setzte ich mich auf das Mäuerchen, das sich um die kaiserliche Eiche zog, und packte mein Schulbrot aus. Die

Scheiben waren viel zu dick. Typisch für meine Mutter. Sie steht mit jeder Art von Messer auf Kriegsfuß. Die Schulbrote meines Vaters sind so akkurat geschnitten wie mit einer Maschine. Aber egal, wer mir die Brote gemacht hatte, sie schmeckten immer gut. Meine Mutter steckte mir jedes Mal noch was Süßes dazu, mein Vater einen Apfel oder eine Mandarine.

Noch vier Stunden. Auf Englisch und Französisch freute ich mich sogar, dann kam Deutsch, das war nur langweilig, und zu schlechter Letzt: Mathe. Wenn ich das überstanden hatte, gab's zur Belohnung eine Woche Freiheit!

Ich sah hoch zum Glockenturm. Wir hatten ihn einmal aus dem Kopf zeichnen müssen und keiner hatte es geschafft. Der Turm war rund, und statt in einer Spitze endete er in einer Plattform mit einem Geländer drum herum. Ein sehr niedriges Geländer. Es ging einem höchstens bis zum Oberschenkel. Mir wurde allein bei der Vorstellung, da oben zu stehen, schwindlig. Ich habe Höhenangst, schaffe es kaum, auf eine Leiter zu steigen. Aber auf den Turm durfte sowieso niemand. Die Uhren – vier insgesamt – saßen an vorspringenden Giebeln unterhalb des Geländers. Verbunden wurden sie durch einen umlaufenden Gang mit einer Balustrade aus steinernen Säulen. Der Turm war das Erste, was ich von meiner neuen Schule gesehen hatte. Als ich mit meiner Mutter in den Sommerferien Wohnungen angeschaut hatte, war ihr vom Balkon einer schönen, aber natürlich viel zu teuren

Wohnung der Turm aufgefallen, der über das Meer von Dächern ragte. »Was ist das denn für ein Gebäude?«, hatte sie den Vermieter gefragt.

»Das Kaiser-Wilhelm-Gymnasium«, hatte er gesagt und stolz hinzugefügt: »Mein Ältester hat da Abitur gemacht.«

Mir war beim Anblick des Turms irgendwie ganz schwummrig geworden. Er hatte so etwas Trutziges, Abweisendes. Der Rest war auch nicht viel besser. Selbst jetzt, nach fast drei Monaten, jagte mir das Schulgebäude immer noch Angst ein. Auf drei Seiten umschloss es den Hof. Im rechten Flügel befand sich die Aula, im linken die Turnhalle. Es gab zwei Eingänge, beide waren von Säulen flankiert wie bei einem Schloss. Vor dem Physik- und dem Chemieraum gab es schmiedeeiserne Balkone, die wir aber nur im Notfall betreten durften, wenn zum Beispiel mal ein Experiment danebenging und giftige Dämpfe entstanden. Im Innern der Schule Gänge, Treppen und wieder Gänge. Alles aus grauem Stein. Eines Morgens, als ich mal wieder etwas spät dran gewesen war, hatte ich den Erdkunderaum nicht gleich gefunden. Ich lief treppauf, treppab. Meine Schritte hallten, und ich fühlte mich wie in einem dieser Träume, wo die Beine wie Blei werden und man nicht einen Zentimeter vom Fleck kommt.

Meine alte Schule war so schön übersichtlich gewesen, hell und luftig, mit viel Holz und Glas. Sogar eine Cafeteria hatte es gegeben, in der man in Freistunden Kuchen oder heiße

Würstchen essen konnte. Hier gab es nur einen Kiosk an der Straßenecke, der außer Zeitungen auch Süßigkeiten und Getränke verkaufte.

Ein Schatten fiel auf mein Gesicht. Breitbeinig stand Mario vor mir. »Hey, Hintenrum. Willste dich nützlich machen?«

Ich zögerte. Mario hatte in der Klasse das Sagen, und man wusste nie, was er im Schilde führte.

Ich murmelte irgendwas und biss von meinem Brot ab.

»Holste mir Lakritz? Drüben am Kiosk?«

Mario lebte ausschließlich von Lakritz, von süßem, salzigem, weichem oder hartem Lakritz. Ständig kaute er auf irgendwas Schwarzem herum. Er hielt mir einen Euro hin.

»Fünf Schnecken, zwei Pfeifen und drei Salmis. Kannste dir das merken?«

»Ja, schon, aber wir dürfen in der Pause nicht ...«

Mario spuckte einen Batzen schwarzen Schleim genau neben meinen Fuß. »Soll das heißen, du traust dich nicht?«

Er drehte sich um. »Hey, hört mal her, unser kleiner Schisser hat schon wieder die Hosen voll. Sieht nicht nur aus wie 'n Mädchen, is auch eins.« Er fuhr mir mit seinen klebrigen Fingern durch die Haare. »Biste sicher, dass du vorne was dranhast, Vorndran?«

Den Witz hatte er schon mindestens tausendmal gemacht. Ich zog den Kopf weg und sagte: »Okay, ich mach's.«

Ich ging schnell zum Tor, aber nicht so schnell, dass es auffiel. Ich versuchte zu gehen wie jemand, der das Recht hat, in der großen Pause die Schule zu verlassen. Aufsicht hatte glücklicherweise ein Lehrer, der mich nicht kannte und der zudem von zwei Schülern abgelenkt war, die sich prügelnd auf dem Boden wälzten. Was natürlich ebenfalls verboten war. Überhaupt war an dieser Schule außer Atmen und Arbeiten nichts erlaubt. Schnelles Laufen im Schulgebäude ebenso wenig wie lautes Rufen und Schreien. So stand es jedenfalls in der Schulordnung, die mir der Direktor nach seiner langen Rede in die Hand gedrückt hatte. Sie war vier Seiten lang und ehrlich gesagt habe ich nach der ersten Seite nicht weitergelesen. Natürlich wurde geschrien, gerannt und geprügelt. Dagegen konnten Schulordnung und Lehrer wenig ausrichten. Nur wenn Michalski mit Boss auftauchte, verhielten sich alle ruhig.

Michalski war im Moment jedoch nirgendwo zu sehen.

Ich lief über die Straße und vor bis zum Kiosk an der Ecke. »Zwei Schnecken … nein, zwei Pfeifen, fünf Schnecken und drei Salmis«, sagte ich zu dem Verkäufer. Mit einer Zange nahm er das Gewünschte aus Plastikdosen und legte es in ein weißes Tütchen. »Macht einen Euro und fünfzehn Cent.«

Na, toll! Das hatte Mario aber schlau eingefädelt. Ich beschloss, wegen der fünfzehn Cent nichts zu sagen, legte noch fünfundzwanzig dazu und verlangte eine weiße Maus. Für mich.

»Bitte in eine extra Tüte«, sagte ich. Der Kioskbesitzer grummelte zwar, aber er reichte mir zwei Tüten. Ich steckte sie ein und wollte gerade gehen – in wenigen Minuten endete die Pause –, da strich etwas Weiches an meinen Beinen entlang. Eine Katze. Wo war die hergekommen?

Ich mag Katzen und bückte mich, um sie zu streicheln. Sie ließ es erst zu, doch als ich sie am Hals kraulen wollte, machte sie einen Buckel und fauchte leise. Meine Hand zuckte zurück. Die Katze sah mich an. Sie hatte merkwürdige Augen. Sie waren von einem hellen, fast verwaschenen Graublau. Ich hatte schon mal Katzen mit blauen Augen gesehen. Aber die hatten weißes Fell gehabt. Das Fell dieser Katze war schwarz. Schwarz und ein wenig struppig. Mager war sie auch. Wahrscheinlich eine Streunerin. Und dann verschwand sie genauso schnell, wie sie erschienen war.

Ich beeilte mich, in die Schule zurückzukommen.

»Willste auch was?«, fragte Mario auf dem Weg in die Klasse großzügig und hielt mir seine Tüte hin. Er wusste genau, dass ich Lakritz hasse!

»Nein, danke«, sagte ich und biss meiner weißen Maus den Kopf ab.

»Du bist ja brutal!«, lachte er und rollte eine Lakritzschnecke auf.

Die nächsten Stunden vergingen wie immer an einem letzten Schultag vor den Ferien. Die Lehrer gaben sich Mühe, so zu tun, als sei ein ganz normaler Tag, dabei waren sie in Gedanken genauso wenig bei der Sache wie wir. Und dann läutete es zur sechsten Stunde. Ich legte mein Mathematikbuch, Heft und Federtasche ordentlich vor mich hin. Die Schmitt-Gössenwein sollte bloß nicht denken, dass ich kurz vor Schluss nachlässig wurde. Es sind nur fünfundvierzig Minuten, sagte ich mir, nur fünfundvierzig Minuten.

Schwungvoll wurde die Tür aufgerissen und sie betrat den Raum. Augenblicklich herrschte Ruhe. Kein Lehrer schaffte das, nur Frau Schmitt-Gössenwein. Vor dieser Frau hatten einfach alle Angst.

Ich hätte nicht sagen können, was so furchterregend an ihr war. Eigentlich sah sie völlig normal aus: dunkle Ponyfrisur, Brille, mittelgroß, mitteldick und wahrscheinlich auch mittelalt. Das einzig Herausragende war ihre Nase. Sie war so lang und spitz, dass man damit hätte Käse schneiden können.

»Buch Seite 45, Aufgabe 6, wer kommt an die Tafel?« Ihre kleinen Augen hinter den dicken Brillengläsern nahmen jeden Einzelnen ins Visier, aber natürlich meldete sich niemand, noch nicht einmal Philipp, der Klassenprimus.

Ich zog die Schultern ein und rutschte halb unter den Tisch. Aber ihr entging die Bewegung nicht; sie sah mich prüfend an, wie ein Metzger, der abwägt, welches Lamm er als Nächstes schlachten wird. Mein ganzer Körper spannte sich, ich starrte auf die Aufgabe im Buch, die Zahlen verschwammen vor meinen Augen.

»Jasmin, komm du nach vorn!«

Erleichtert richtete ich mich wieder auf. Noch achtunddreißig Minuten. In keiner Stunde schleppte sich die Zeit so dahin wie in Mathe.

Jasmin stand an der Tafel. Frau Schmitt-Gössenwein drückte ihr ein Stück Kreide in die Hand.

»Eine Sportartikelfirma verkauft in der ersten Woche 458 Bälle. In der zweiten Woche waren es 15 Prozent mehr als in der ersten. Um wie viel lagen die Verkaufszahlen höher?«, las sie aus dem Buch ab. »Den Rechenweg, bitte.«

Unschlüssig hob Jasmin die Hand. »Also, da muss man so rechnen …« Sie brach ab und sah von hinten sehr verzweifelt aus.

»Was für Bälle?«, rief Robert dazwischen. »Tennisbälle, Golfbälle, Fußbälle? Fußbälle für Eintracht oder Schalke?«

Doch Roberts heldenhafter Versuch, Jasmin, in die er heimlich verknallt war, zu retten, erwies sich als Bumerang.

»Wenn du hier den Klassenclown spielen willst, bitte!«, sagte Frau Schmitt-Gössenwein schneidend. »Aber komm nach vorn, damit wir alle etwas davon haben.«

Jasmin eilte zu ihrem Platz, bevor Schmitti es sich noch anders überlegen konnte.

Mit hochrotem Kopf stand nun Robert an der Tafel,

brachte Prozente und Bälle durcheinander, machte Wochen zu Jahren und fuhr sich immer wieder mit kreidigen Fingern durch die Haare. Er war bereits bei drei Millionen fünfhunderttausendachtundsiebzig Bällen angelangt, als Frau Schmitt-Gössenwein ihm mit einem knappen »Setzen!« bedeutete, dass er komplett versagt hatte.

Der Rest der Stunde verlief vergleichsweise harmlos. Wir sollten Aufgaben aus dem Buch rechnen und ich schrieb endlose Zahlenkolonnen in mein Heft.

Frau Schmitt-Gössenwein hatte die unangenehme Angewohnheit, urplötzlich hinter einem aufzutauchen, das Heft wegzureißen, es sich ganz nah an die Augen zu halten, um dann höhnisch aufzulachen. Nie erfuhr man, was nun falsch war oder ob sich ihr Spott nur auf die krakelige Schrift bezog. Doch heute blieb sie hinter dem Pult sitzen und sah aus dem Fenster.

Der Himmel war strahlend blau, die Zeiger der Turmuhr glänzten golden in der Sonne. Ein kaiserliches Blatt segelte vornehm durch die Luft.

Nur noch sechs Minuten trennten mich von der Freiheit. Ferien! Eine Woche lang ausschlafen, lesen und fernsehen, so lange ich wollte. Wenn das Wetter so blieb, würden meine Mutter und ich in den Wald gehen und Pilze suchen. Ich hatte Herrn Günther, dem Biologielehrer, versprochen, eine Krause Glucke mitzubringen. Die kannte der nämlich nur aus dem Buch, und ich weiß eine Stelle, wo dieser Pilz wächst. Er sieht aus wie ein vergammelter Badeschwamm, schmeckt aber köstlich.

Herr Günther war ein unheimlich netter Lehrer, bei dem man nie Angst haben musste, etwas falsch zu machen.

Nur noch vier Minuten.

Frau Schmitt-Gössenwein starrte immer noch aus dem Fenster. Im Profil sah man deutlich ihre Käsemessernase. Was die wohl in den Ferien machen würde? Das erzählte sie natürlich nicht. Frau Wahlbusch, unsere Klassenlehrerin, flog nach Mallorca. Herr Günther wollte mit seinen Kindern wandern und unser Französischlehrer nahm an einem Kochkurs in Paris teil. Die meisten Lehrer sprachen ganz offen über ihre Ferienpläne, nur Frau Schmitt-Gössenwein nicht. Mir konnte egal sein, was sie trieb, Hauptsache, ich musste sie eine Woche lang nicht sehen.

Nur noch zwei Minuten!

»Mario, schlag das Buch wieder auf, es hat noch nicht geklingelt! Damit du dich nicht langweilst, darfst du in den Ferien die Aufgaben 1 bis 15 lösen.«

Ich kritzelte im Zeitlupentempo den Countdown auf die Tischplatte: neun, acht, sieben, sechs, fünf, vier, drei, zwei, eins … Die Klingel schrillte. »Null!«

Nun gab es kein Halten mehr, alles sprang auf, Stühle schurrten über den Boden, Mappen wurden hastig eingepackt.

»Halt, halt! Ich hab noch etwas für euch.«

Frau Schmitt-Gössenwein lächelte unangenehm und öffnete ihre Aktentasche.

»Scheiße. Die Arbeit!«, stöhnte Mario.

»Einigen wenigen wird das die Ferien sicher versüßen, den anderen wohl eher nicht«, sagte sie und teilte die Hefte aus.

Ella schlug ihr Heft auf und zog geräuschvoll Luft durch die Nase. »Gott sei Dank, eine Vier!«

Vorsichtig öffnete ich meins und suchte die römische Ziffer unter der Arbeit. Da war sie. Ein V und ein Strich. »Ich auch!«

Ella warf einen Blick auf meine Arbeit, dann sah sie mich mitleidig an. »Das ist keine Vier, glaub ich.«

Sie hatte recht, der Strich war nicht vor dem V, sondern dahinter. Sechs! Ich konnte es nicht fassen.

»So was Gemeines«, sagte Ella. »Du hast doch sogar drei Aufgaben richtig. Da hättest du ja auch gleich ein leeres Blatt abgeben können.« Sie schwang sich den Ranzen über die Schulter. »Trotzdem schöne Ferien.«

Die Klasse leerte sich in Windeseile. Ich zog meine Jacke an und stopfte Buch und Federtasche in die Mappe. Frau Schmitt-Gössenwein saß am Pult und kritzelte etwas ins Klassenbuch.

Ich musste mit ihr reden. Ich musste sie dazu bringen, mir wenigstens noch eine Fünf zu geben. Mein Herz klopfte wie blöd.

»Frau Schmitt-Gössenwein …«

»Was ist?«, sagte sie, ohne aufzublicken.

»Ich wollte nur wissen … also, was hätte ich denn bekommen, wenn ich gar nichts geschrieben hätte?«

»Gar nichts? Was soll das heißen?« Jetzt sah sie mich an.

»Na ja, wenn ich leere Seiten abgegeben hätte.«

Sie beugte sich wieder über das Klassenbuch. »Eine Sechs natürlich.«

»Aber das ist doch ungerecht!« Mir wurde erst heiß, dann kalt. Hatte ich das wirklich gesagt?

»Das ist doch ungerecht, ich habe drei Aufgaben richtig. Hier!« Ich tippte auf meine Arbeit.

»Kannst du nicht lesen?«, fragte Frau Schmitt-Gössenwein und schraubte die Kappe auf ihren Füllhalter. »Du hast sechs Punkte von zweiunddreißig. Ein Punkt mehr und du hättest eine Fünf minus bekommen.« Sie schlug das Klassenbuch zu. »Willst du mir etwa vorschreiben, wie ich zu zensieren habe?«

Ich schüttelte den Kopf. »Nein, aber ich …« Tränen schossen mir in die Augen. Nicht auch das noch!

Frau Schmitt-Gössenwein erhob sich und griff nach ihrer Aktentasche. »Und vergiss nicht die Unterschrift deiner Eltern. In diesem Fall hätte ich sie gern von beiden.«

»Aber … mein Vater ist nicht … ich meine … er wohnt woanders«, stotterte ich.

Sie warf mir einen Blick zu, als trüge ich ganz allein die Schuld an der Trennung meiner Eltern. »Aha«, sagte sie nur.

Dann wandte sie sich zum Gehen. In der Tür drehte sie sich um. »Du kannst zur Abwechslung mal etwas Vernünftiges tun. Wisch die Tafel!«

Ich nahm den stinkenden Lappen und fuhr damit über die Tafel. Es staubte, ich musste husten. Vor Wut war mir ganz schlecht. »Alte Hexe«, murmelte ich. »Böse alte Hexe.«

Plötzlich gruben sich Finger in meinen Ärmel.

»Was hast du gesagt?«, kreischte eine Stimme.

Himmel, wieso war die noch da?

»Du hast alte Hexe gesagt! Ich hab's genau gehört!«

Ihr Gesicht kam mir jetzt ganz nah, immer riesiger wurden ihre Augen hinter den Brillengläsern, furchtbare Worte fielen aus ihrem Mund: »Tadel … Direktor … Schulverweis!«

Ich dachte daran, was mir meine Mutter einmal gesagt hatte: »Wenn du vor jemandem große Angst hast, musst du ihn dir einfach in Unterhosen vorstellen. Oder lass ihn in Gedanken immer kleiner werden. Du wirst sehen, das funktioniert.«

In Unterhosen wollte ich mir die Schmitt-Gössenwein auf keinen Fall vorstellen! Während sie weiterkeifte, ließ ich sie einfach kleiner werden. Jetzt ging sie mir nur noch bis zur Schulter, dann bis zum Bauch. Dabei hielt sie sich an meinem Ärmel fest und schimpfte wie ein Rohrspatz. Nun reichten ihre Füße nicht mehr auf den Boden. Wie eine Klette hing sie an mir dran, dabei schrumpfte sie weiter. Jetzt war's genug.

Ich blinzelte ein paarmal in der Erwartung, sie würde nun wieder ihre alte Gestalt annehmen.

Aber das geschah nicht. Inzwischen war sie kaum größer als meine Hand.

Auf dem Gang waren Schritte zu hören. Michalski betrat die Klasse. »Was machst'n du noch hier? Um ein Haar hätte ich dich eingeschlossen.« Er steckte den Schlüssel ins Schloss. »Jetzt aber schnell raus, sonst musste nämlich die Ferien in der Schule verbringen.«

Ohne nachzudenken, hatte ich die Schmitt-Gössenwein von meinem Ärmel gezupft wie ein Insekt und in meine Jackentasche gestopft. Ich hielt die Tasche zu und spürte, wie es darin rumorte. Bloß weg hier, ehe jemand merkte, was ich angerichtet hatte! Ich stürzte an Michalski vorbei aus der Klasse und wäre fast über Boss gestolpert, der mitten im Gang saß. Er schnüffelte an meiner Jackentasche und fing an zu knurren.

»Was haste denn da drin?«, fragte Michalski. »'ne Leberwurststulle? Boss liebt nämlich Leberwurst.«

»Jaja, Leberwurst«, würgte ich hervor und lief den Gang entlang, die Treppe hinunter, stieß mit einer Hand das schwere Schultor auf und rannte wie von Furien gejagt über den Hof.

»Das träume ich nur. Bitte, bitte, lieber Gott, lass das alles ein Traum sein.«

Ich rannte und rannte. Mit der linken Hand hielt ich mein Matheheft umklammert, die rechte hatte ich auf die Tasche meiner Jacke gepresst. Auf der Brücke blieb ich schließlich stehen und lehnte mich keuchend über das Geländer. Ich hatte Seitenstiche und bekam kaum noch Luft. In meiner Jackentasche bewegte sich nichts. War sie erstickt? Hatte sie sich in Luft aufgelöst? Hoffentlich!

Vorsichtig zog ich meine Hand weg, da erschien ein Kopf. Ein kleiner, aber unverwechselbarer Kopf mit dunkler Ponyfrisur und Brille. Der Mund öffnete sich. Die Stimme von Frau Schmitt-Gössenwein war mit ihr geschrumpft, aber leider nicht sehr. »Bring mich sofort zurück in die Schule!«, kam es schrill aus dem kleinen Mund. »Auf der Stelle!«

»Aber Michalski hat doch alles abgeschlossen.«

»Ich habe einen Generalschl…« Ihr Mund klappte zu. Wahrscheinlich begriff sie erst in diesem Moment so richtig, was passiert war. »Felix Vorndran! Du hörst jetzt sofort mit diesen Albernheiten auf und bringst das wieder in Ordnung.« Frau Schmitt-Gössenwein stand in meiner Jackentasche und stemmte die Arme in die Seite.

»Aber das kann ich nicht, ich weiß doch nicht, wie!«, flüsterte ich verzweifelt.

Eine Frau schob ihren Kinderwagen an mir vorbei. Sie guckte mich neugierig an. Es musste ja auch reichlich seltsam aussehen, wie ich da mit meiner Jackentasche sprach. Schnell drehte ich mich um und blickte aufs Wasser. Wenn ich sie nun einfach nahm und ins Wasser warf? Ich brauchte nur zwei Finger, zwei Finger, die diese winzige Figur umschlössen und wieder losließen. Niemand würde je auf die Idee kommen, dass ich an dem Verschwinden meiner Mathelehrerin schuld war. Sie müsste ja noch nicht einmal ertrinken. Unter mir trieb gerade ein Ast vorbei. Auf dem konnte sie davonschwimmen, wie Däumelinchen im Märchen. Ich könnte auch eine Seite aus meinem Heft reißen, ein Boot falten, sie unten am Ufer hineinsetzen, dem Bötchen einen Schubs geben ... und ich wäre sie los.

»Hörst du mich? Hallo?« Sie zappelte in meiner Tasche und quiekte wie eine Maus.

Würde ich eine Maus in einem Boot aus Papier aussetzen? Nein. Und dabei konnten Mäuse schwimmen. Ich beugte den Kopf zu ihr hinunter: »Können Sie schwimmen?«

»Was hast du vor?«, rief Frau Schmitt-Gössenwein entsetzt. »Willst du mich umbringen?«

»Nein, nein. Natürlich nicht«, versuchte ich sie zu beruhigen. »Wir gehen jetzt erst einmal zu mir nach Hause.«

Als ich die Haustür aufschloss, kam mir Herr Hühnerkopf mit einer Leiter über der Schulter entgegen. Der hatte mir noch gefehlt! Herr Hühnerkopf ist unser Vermieter, und seit wir eingezogen waren, fand er fast jeden Tag einen Vorwand, um bei uns auf der Matte zu stehen. Mal musste er die elektrischen Leitungen prüfen, mal die Heizkörperventile auswechseln. Meiner Mutter gefiel das zwar auch nicht, sie meinte aber, dass er als Vermieter ein richtiger Glücksfall sei, schließlich kümmere sich nicht jeder so um seine Mieter. Ich bezweifelte, dass er das mit allen Mietern tat. Meine Mutter sieht für ihr Alter noch ziemlich gut aus – und sie war offensichtlich allein. Einen Mann hatte der Hühnerkopf noch nie bei uns gesehen.

»Na, mein Freund, froh, dass die Schule vorbei ist?«

Ich murmelte irgendwas und wollte schnell an ihm vorbei die Treppe hoch.

»Ich komm gleich mit. Hab gesehen, dass bei euch im Flur das Deckenlicht noch nicht angebracht ist. Das mach ich mal eben.«

»Danke«, presste ich raus.

Das Problem mit meiner Mutter ist, dass sie null technischen Verstand besitzt. Sie kann gerade mal eine Glühbirne einschrauben. Früher hat mein Vater alles gemacht: den Videorekorder programmiert, Lampen aufgehängt, den PC nach einem Absturz wieder zum Laufen gebracht und so weiter. Jetzt mache ich das für sie, beim Anbringen von Lampen muss ich allerdings passen.

Als ich die Wohnungstür aufschloss, stolperte ich über eine Umzugskiste, die am Morgen noch nicht da gestanden hatte. Meine Mutter hatte mal wieder versucht aufzuräumen, aber das beschränkte sich fast immer darauf, dass sie eine Kiste öffnete, verzweifelt aufstöhnte und sie einfach von einer Ecke in die andere schob. In den meisten Kisten waren sowieso Bücher. Aber da das neue Bücherregal viel zu klein war, stapelten sich die Bücher an den Wänden oder blieben verpackt.

Herr Hühnerkopf klappte die Leiter auseinander, stieg hoch und fummelte an den Drähten herum, die von der Flurdecke baumelten.

»Felix, Liebes, ich komme gleich. Mach schon mal die Kartoffeln aus«, rief meine Mutter aus ihrem Zimmer.

»Riecht verbrannt«, sagte Hühnerkopf oben auf der Leiter.

»Ich will hier raus!«, rief Schmitti in meiner Jackentasche, und ich wusste nicht, was ich zuerst tun sollte.

Da es wirklich nicht sehr angenehm roch, stürzte ich zum Herd und riss den Topf runter. Die Kartoffeln waren oben zu Matsch zerkocht und unten angebacken. Dann wuchtete ich meinen Ranzen vom Rücken. Ich wollte gerade meine Jacke irgendwo hinwerfen, als mir einfiel, dass ja die Schmitt-Gössenwein drinsteckte.

»Hol mich sofort raus!«, kreischte sie wieder.

Herr Hühnerkopf nahm die Zange aus dem Mund. »Hast du was gesagt?«

»Nein, nein!« Ich ging rasch in mein Zimmer und machte die Tür zu. Wenn Hühnerkopf meine geschrumpfte Lehrerin entdeckte, würde er uns bestimmt kündigen. Im Mietvertrag hatte ausdrücklich gestanden, dass Tierhaltung – auch die von Kleinnagern wie Hamstern und Meerschweinchen – verboten war. Mein Hamsterkäfig würde wohl leer bleiben müssen. Aber ich wollte sowieso keinen neuen Hamster mehr. Hannibal war kurz vor unserem Umzug gestorben. Als ob er es geahnt hätte. Er war schon der dritte Hamster, den ich begraben musste. In unserem Garten. So richtig mit Blumen und Holzkreuz. Hier in der Stadt warf man tote Tiere wahrscheinlich in die Mülltonne. Ich weiß auch nicht, warum ich den Käfig behalten habe. Vielleicht wegen dem Hamsterschloss, das mein Vater für Hannibal entworfen hatte. Es war ziemlich groß, hatte an allen Seiten Öffnungen, die wie Rundbogenfenster aussahen, und eine richtige Tür, die man von beiden Seiten aufstoßen konnte. Es hatte Spaß gemacht, Hannibal dabei zu beobachten, wie er ins Haus flitzte, zu einem der Fenster rausschaute, wieder rauskam, eine Runde auf dem Laufrad drehte und dann wieder in seinem Schloss verschwand.

Ich könnte mich nie davon trennen. Wir haben es nämlich zusammen gebaut. Mein Vater hat die Teile ausgesägt, ich habe die Kanten mit Holzleim bestrichen, etwas antrocknen lassen und dann zusammengefügt. Geredet haben wir wenig, höchstens manchmal geflucht, weil etwas nicht passte oder einer der Balkone wieder abfiel. Ich war fast ein wenig traurig gewesen, als das Schloss schließlich fertig war.

Vorsichtig zog ich Frau Schmitt-Gössenwein aus meiner Jackentasche, setzte sie in den Käfig und schloss das Türchen. Man konnte es nur von außen öffnen. Sie sah sich verwirrt um, dann rüttelte sie an den Gitterstäben und schrie: »Felix Vorndran, mach sofort die Tür auf, sofort! Das gibt einen Tadel, ich werde mich beim Direktor beschweren …«

Ich ließ sie vor sich hin schimpfen, ging aus dem Zimmer und machte die Tür fest zu.

Meine Mutter stand am Herd und kratzte den Kartoffelmatsch aus dem Topf. »Tut mir leid, ich hätte sie früher ausmachen sollen.«

Ich kannte das. Sie setzt irgendetwas auf den Herd, schaltet die höchste Stufe ein, damit es schnell geht, setzt sich wieder an ihren Schreibtisch und vergisst das Essen.

»Was machen wir jetzt?«, fragte sie.

»Kartoffelbrei«, schlug ich vor.

»Es müssen irgendwo auch noch Würstchen sein«, sagte meine Mutter und machte den Kühlschrank auf. »Möchten Sie nicht mitessen, Herr Hühnerkopf?«

»Vielen Dank, lieber nicht … ich hab schon gegessen.«

Ein Glück, dass meine Mutter eine so schlechte Köchin ist, sonst wären wir den Hühnerkopf wohl gar nicht mehr losgeworden. Jetzt stieg er von der Leiter, drückte auf den Lichtschalter und die Flurlampe strahlte.

»Wundervoll, Herr Hühnerkopf, vielen, vielen Dank! Möchten Sie nicht vielleicht doch …« Meine Mutter hielt ihm ein geöffnetes Glas hin, in dessen trüber Brühe drei schrumpelige Würstchen schwammen.

»Ein andermal gern, Frau Vorndran.« Hühnerkopf klappte seine Leiter zusammen und verschwand endlich.

Ich hatte einen Riesenhunger, und der Kartoffelbrei schmeckte nicht so schlecht, wie ich befürchtet hatte, trotzdem bekam ich kaum etwas hinunter, weil ich immer wieder auf meine Zimmertür starren musste. Bestimmt ging sie gleich auf und Frau Schmitt-Gössenwein erschien, in alter Größe mit einem Hamsterkäfig auf dem Kopf.

»Was ist denn los mit dir?«, fragte meine Mutter. »Freust du dich nicht auf die Ferien?«

»Doch.« Ich biss in ein labberiges Würstchen.

»Dein Vater ist auf dem Anrufbeantworter. Er will wissen, wann du kommst.«

Dein Vater. Früher hieß es *Papa* und *Mama* und jetzt *deine Mutter* oder *dein Vater.* Aber das ist wohl normal bei getrennten Eltern.

In der neuen Wohnung meines Vaters herrschte keine Unordnung, da standen keine Umzugskisten und Farbeimer mehr herum. Ich habe auch dort ein Zimmer. Mein Zimmer in der Wohnung meiner Mutter nenne ich Nummer eins, das bei meinem Vater Nummer zwei. Genau wie in Nummer eins steht in Nummer zwei rechts das Bett, links der Schrank und vor dem Fenster der Schreibtisch. Aber das ist auch alles an Gemeinsamkeiten. Mein Bett in Nummer eins besteht aus einem Holzrahmen mit einer Matratze darin. Der Schreibtisch hat früher meinem Großvater gehört und der Schrank stammt vom Trödler. Nichts passt zusammen. In Nummer zwei stehen meine alten Möbel. Die sind aber ganz neu. Mein Vater hat sie mir geschenkt, als ich aufs Gymnasium gekommen bin. Die Schreibtischplatte kann man nicht nur in der Höhe verstellen, sondern auch kippen. Wie bei einem Architektentisch. Das brauche ich eigentlich nicht, denn ich mache da ja nur meine Schularbeiten, aber manchmal lasse ich meine Autos die Schräge runtersausen, und als Hannibal noch lebte, hat es Spaß gemacht zu beobachten, wie er versuchte, die glatte, steile Fläche hochzuklettern.

In Nummer zwei habe ich sogar einen eigenen Computer. Mit Internetanschluss. Ich mag die Wohnung meines Vaters. Alles ist aufgeräumt und sauber. Einmal in der Woche kommt eine Putzfrau. Wenn ich bei meinem Vater bin, fühle ich mich immer ein wenig wie im Hotel. Im Hotel muss man sich auch um nichts kümmern, nicht ums Frühstück oder ums Bettenmachen. Aber zu Hause, richtig zu Hause bin ich doch hier, bei meiner Mutter. Das würde ich meinem Vater natürlich nie sagen.

»Und er fragt, ob du die Mathematikarbeit schon zurückbekommen hast«, fuhr meine Mutter fort.

Die hatte ich über all der Aufregung fast vergessen. Ich muss ziemlich entsetzt ausgesehen haben, denn meine Mutter fragte: »So schlecht ausgefallen?«

Ich nickte.

»Dann sag ihm lieber nichts. Ich unterschreib sie schon.«

»Ach, Mama«, seufzte ich. Wenn ich ihr doch nur alles hätte erzählen können. Aber sie hatte schon genug Probleme. Seit der Trennung war viel weniger Geld da. Meine Mutter arbeitete zwar unglaublich viel, aber irgendwie reichte es nie. Und sie hätte sich eher die Zunge abgebissen, als meinen Vater um Geld zu bitten.

Sie legte mir die Hand auf den Arm. »Komm, jetzt sind erst einmal Ferien. Ich wünschte, ich könnte mir auch ein paar Tage freinehmen, aber ich bin ja schon froh, wenn ich nicht zu nachtschlafender Zeit aus dem Bett muss.«

Im Gegensatz zu meinem Vater schläft meine Mutter gern lange und geht nie vor Mitternacht ins Bett. Und obwohl ich ihr immer wieder sage, dass ich mir mein Frühstück selber machen kann, steht sie doch jeden Morgen mit mir auf, kocht Tee, gießt Milch ins Müsli und schmiert mir die Schulbrote. Schlafe ich dagegen bei meinem Vater, so ist der schon immer angezogen, wenn mein Wecker klingelt, und das Frühstück steht auf dem Tisch. Bei ihm gibt es Kaffee und Toast mit bitterer Orangenkonfitüre. Meine Eltern sind in allem so grundverschieden, dass es eigentlich an ein Wunder grenzt, dass sie es überhaupt so lange miteinander ausgehalten haben.

»Verliebtheit kann lange Zeit darüber hinwegtäuschen, dass man nicht zusammenpasst«, hat meine Mutter mir mal erklärt. »Und du warst ja auch noch da.«

Manchmal denke ich, es wäre besser gewesen, sie hätten

sich schon getrennt, als ich noch ein Baby war. Dann hätte ich nichts davon mitbekommen. Zum Schluss haben sie nur noch wegen mir gestritten. Natürlich ging es um meine Zensuren. Seit ich auf dem Gymnasium bin, bin ich ziemlich abgerutscht. Aber da bin ich nicht der Einzige. Viele, die in der Grundschule immer und überall auf Eins standen, mussten sich an Vieren und Fünfen gewöhnen. Immerhin hab ich das Probehalbjahr geschafft und in Sprachen bin ich richtig gut.

»Mach doch nicht so einen Druck!«, hat meine Mutter zu meinem Vater gesagt. »Damit erreichst du nur das Gegenteil.«

»Und du? Mit deiner Nachgiebigkeit erreichst du erst recht nichts.«

»Ich möchte nur, dass Felix ein fröhlicher Junge ist, der nicht dauernd Angst vor schlechten Noten haben muss.«

»Ach ja? Und was bitte soll aus dem fröhlichen Jungen später werden? Ein lausig bezahlter Übersetzer lausiger Kinderbücher, so wie du?«

»Immerhin besser als ein Architekt, der mal großartige Pläne hatte und nun irgendwelche Pinkelbuden entwirft!«

Pinkelbude war fies, auch wenn es den Nagel auf den Kopf traf. Mein Vater verdient sein Geld damit, dass er öffentliche Bedürfnisanstalten baut, wie das richtig heißt. Glücklich macht ihn das bestimmt nicht. Und natürlich war das mit den lausigen Kinderbüchern auch nicht nett gewesen. Aber meine Mutter stöhnt oft, dass in den englischen und amerikanischen Büchern, die sie übersetzt, so viel Schwachsinn steht.

Das war's dann jedenfalls. Meine Mutter hat einen Koffer gepackt und ist aus unserem Haus im Grünen, das mein Vater gebaut hat und auf das er so stolz gewesen ist, einfach ausgezogen. Sie hat sich in der Stadt eine Wohnung gesucht, und ich sollte mich entscheiden, ob ich bei ihr oder bei meinem Vater leben wollte. Abwechselnd bei beiden wäre aufgrund der Entfernung schwierig geworden.

Und da hat mein Vater sich prima verhalten. Obwohl er an unserem Haus hing, ist er ebenfalls in die Stadt gezogen und wohnt jetzt nur fünf U-Bahn-Stationen von uns entfernt. Ich gewöhnte mich langsam an die neue Situation; woran ich mich jedoch nicht gewöhnen konnte, war, dass meine Eltern nicht mehr miteinander sprachen. Wenn es irgendetwas zu besprechen gab, dann benutzten sie mich als Vermittler. »Mama fragt, ob sie die Salatschleuder haben kann?«, oder: »Papa braucht deine Quittungen vom letzten Jahr für die Steuererklärung.« Solche Sachen. Mein Vater wollte mir unbedingt ein Handy schenken. »Du kannst doch nicht der einzige Junge in deiner Klasse sein, der kein Handy hat«, hatte er gesagt. Aber ich wusste gleich, dass das nur ein Vorwand war. Er rief nicht gern bei uns an, weil er befürchtete, meine Mutter könnte ans Telefon gehen. Aber wenn sie arbeitet, ist sowieso immer der Anrufbeantworter eingeschaltet.

Meine Mutter stand auf. »Ich muss wieder, hab heute erst fünf Seiten geschafft. Die macht mich noch fertig mit ihrem dämlichen Amazonas.«

Die war eine amerikanische Bestsellerautorin, die seit Neuestem auch Kinderbücher schrieb, die immer in irgendwelchen exotischen Gegenden spielten. Leider gab sie sich nicht die Mühe, vorher zu prüfen, ob das auch stimmte, was sie da verzapfte, sie ließ in Afrika Tiger auftreten und Pinguine am Nordpol. Meine Mutter verbrachte dann immer mehr Zeit mit Recherchieren als mit Übersetzen. Manchmal kam sie dann am späten Nachmittag aus dem Arbeitszimmer und rief: »Hausaufgaben geschafft! Hast du Lust, was zu unternehmen?« Dann bummelten wir zusammen durch die Stadt. Meine Mutter ist froh, dass sie jetzt alles, was sie mag, direkt vor der Tür hat: Galerien, Cafés, Kaufhäuser. Sie liebt es, in die Oper oder ins Theater zu gehen. Mein Vater geht höchstens mal ins Kino. Er kann überhaupt nicht untätig herumsitzen, muss immer an irgendetwas herumwerkeln. Jetzt, wo er kein Haus mehr hat, an dem es ständig etwas zu tun gibt, joggt er und bereitet sich auf seinen ersten Marathonlauf vor.

Ich liebe meinen Vater, ich bewundere ihn, aber ich habe oft das Gefühl, nicht so zu sein, wie er mich gern hätte. Bei meiner Mutter fühle ich mich sicher. Ihr kann ich alles sagen. Wirklich alles? Auch, dass ich meine Mathelehrerin auf die Größe einer Banane hatte schrumpfen lassen?

Ich räumte den Tisch ab, nahm das saubere Geschirr aus der Spülmaschine und stellte das dreckige hinein. Dann gab es nichts mehr zu tun. Vielleicht hatte ich mir ja wirklich alles nur eingebildet. Manchmal passiert so etwas nach einem großen Schock. Und die Sechs war ein Schock gewesen.

Vorsichtig öffnete ich die Tür zu meinem Zimmer. Machte ein paar Schritte. Frau Schmitt-Gössenwein war immer noch da und sie war immer noch klein. Sie saß im Laufrad und sah sehr ungehalten aus. »Ich habe Besseres zu tun, als hier in einem Käfig zu hocken. Bring mich sofort zu deiner Mutter!«

»Sie arbeitet«, sagte ich.

»Das interessiert mich nicht. Du bringst mich jetzt sofort zu deiner Mutter oder wer sonst dein Erziehungsberechtigter ist, oder du wirst etwas erleben!«

Ich zuckte nur mit den Schultern. Was sollte ich denn noch erleben? Konnte es etwas Schlimmeres geben, als die verhasste Mathelehrerin bei sich daheim im Hamsterkäfig sitzen zu haben?

Frau Schmitt-Gössenwein schien ebenfalls begriffen zu haben, dass es nichts, aber auch gar nichts gab, womit sie mir drohen konnte. Sie stieg aus dem Laufrad und ging zur Käfigtür. Dabei schlurrte sie mit den Füßen durch die Sägespäne wie durch welkes Laub.

»Warum hast du das getan?«, fragte sie nach einer Weile.

Ich hockte mich vor den Käfig. »Ich weiß es nicht, es

war keine Absicht … ich hatte solche Angst … und da habe ich mir vorgestellt, Sie würden immer kleiner und kleiner und …«

»Dann stellst du dir jetzt eben vor, ich werde wieder größer«, sagte sie. »Aber zuerst lässt du mich hier raus.«

Ich öffnete das Türchen, und Frau Schmitt-Gössenwein schritt in diesem typischen zackigen Gang, in dem sie auch immer die Klasse betrat, aus dem Käfig und sah sich um. Dann ging sie zielstrebig auf die Zimmertür zu, die einen Spalt offen stand. Doch ich kam ihr zuvor und schloss schnell die Tür, lehnte mich mit dem Rücken dagegen und sah hinunter zu Frau Schmitt-Gössenwein, die zu mir hochblickte. Das war ein ganz neues Gefühl, aber ich empfand keinerlei Triumph dabei, im Gegenteil.

»Fang an!«, befahl sie.

Ich schloss die Augen und ließ das, was vor Kurzem im Klassenraum geschehen war, wie in einem Rücklauf passieren. Es funktionierte. Ich sah alles genau vor mir, hörte sogar ihr Schimpfen. Jetzt reichte sie mir bis zum Bauch, dann bis zur Schulter, nun überragte sie mich, und ihr Keifen tat mir in den Ohren weh. Ich wagte kaum, die Augen aufzumachen, tat es aber doch.

Nichts! Sie war nicht einen Millimeter größer geworden. Nur ihre Stimme schien etwas lauter: »Streng dich gefälligst an! Vorhin hat's doch auch geklappt!«

Ich strengte mich an. Und wie! Ich versuchte es mit offenen und dann noch einmal mit geschlossenen Augen. Ich stellte mir Frau Schmitt-Gössenwein so groß wie einen Elefanten vor, ließ sie mit dem Kopf durch die Zimmerdecke stoßen, verlieh ihr Beine wie griechische Säulen.

Vergebens. Sie blieb winzig.

»Hol ein Lineal«, herrschte sie mich an.

Ich nahm ein Lineal vom Schreibtisch.

»Hierhin.« Sie zeigte neben sich auf den Boden. Ich stellte es aufrecht hin, und Frau Schmitt-Gössenwein presste sich mit durchgedrücktem Rücken daran, genau wie ich es früher beim Kinderarzt machen musste, wenn der kontrollierte, um wie viel ich gewachsen war.

Sie maß genau 15,3 Zentimeter. Ich überlegte, ob ich noch einen Zentimeter dazuschummeln sollte, aber das hätte nichts gebracht. Sie war eindeutig zu klein.

»Es sind fünfzehn Zentimeter und drei«, sagte ich.

»Drei und was? Zentimeter, Millimeter, Kilometer?«

»Millimeter«, sagte ich leise.

»Ich war heute Morgen hundertneunundsechzig Zentimeter groß«, sagte Frau Schmitt-Gössenwein, »jetzt sind es nur noch fünfzehn Komma drei. Um wie viel Prozent bin ich geschr…, ich meine, wie viel Prozent meiner alten Größe besitze ich noch? Rechne das aus!«

»Ich … weiß nicht …«

»Das haben wir längst gehabt! Komm an die Tafel«, sie unterbrach sich, »nimm ein Blatt Papier, und rechne es vor!«

»Ich glaube nicht, dass man das Problem mit Rechnen lösen kann«, wagte ich einzuwenden.

»Es gibt nichts, was sich nicht mathematisch lösen lässt«, sagte Frau Schmitt-Gössenwein bestimmt.

Widerstrebend nahm ich einen Zettel vom Schreibtisch.

»Womit fängt man an?«

Ich versuchte, mich zu erinnern. »Man teilt durch hundert.«

»Was teilt man durch hundert? Wie lautet die Regel?«

Obwohl sie so klein war, jagte Frau Schmitt-Gössenwein mir genauso viel Angst ein wie im Unterricht. Aber ich war nicht in der Schule. Ich befand mich in meinem Zimmer, bei mir zu Hause. Wo kam diese Angst nur her?

»Noch nie etwas von Grundwert und Prozentwert gehört?«, keifte sie weiter.

Ich nickte.

»Was ist in diesem Fall der Grundwert?«

»Hundertneunundsechzig Zentimeter«, sagte ich und fügte schnell hinzu: »Und fünfzehn Komma drei ist der Prozentwert.«

»Na, endlich. Und was willst du bestimmen?«

Ich wollte überhaupt nichts bestimmen. Sie wollte.

»Na, wie viel Prozent Sie noch haben.«

»Das heißt Prozentsatz, nie gehört?«

»Doch.«

»Was also musst du rechnen?« Ungeduldig tippte sie mit dem Fuß auf den Boden.

Ich ging in die Hocke und kritzelte die Zahlen hin.

»Lies vor«, befahl Frau Schmitt-Gössenwein.

»Hundert mal fünfzehn Komma drei geteilt durch hundertneunundsechzig.«

»*Ist gleich dem Prozentsatz* hast du vergessen. Und nun das Ergebnis. Ich höre.«

Wie ich dieses *Ich höre* hasste! Erst einmal hörte sie nur das Kratzen meines Bleistiftes auf dem Papier. Wenn ich doch nur einen Taschenrechner benutzen könnte! Wie oft ging diese vermaledeite Hundertneunundsechzig in tausendfünfhundertunddreißig? Irgendetwas um die zehn Prozent musste herauskommen, aber sie wollte es natürlich ganz genau wissen. Bis auf vier Stellen hinter dem Komma.

»Neun Komma null fünf drei zwei«, las ich schließlich vor.

»Abgesehen einmal davon, dass du für diese Aufgabe entschieden zu lange gebraucht hast, ist das Ergebnis richtig.«

»Und was fangen Sie jetzt damit an?«, fragte ich mutig. Ich hockte immer noch vor ihr auf dem Boden.

Sie sah mich an. Unsicher, wie mir schien.

»Es ist immer gut zu wissen, woran man ist«, sagte sie dann fast ein wenig trotzig.

»Vielleicht sollte ich Sie ins Krankenhaus bringen«, schlug ich vor.

»Nein!«, kreischte sie. »Bloß nicht! Kein Arzt, kein Krankenhaus, keine Polizei! Dann steht es morgen in der Zeitung. Ich sehe die Schlagzeile schon vor mir.«

Ich sah sie auch: *Schüler schrumpft Lehrerin!*

»Wie stehe ich dann vor meiner Klasse da?«

Wenn sie überhaupt jemals wieder vor einer Klasse stehen würde. »Aber was soll ich denn tun?«, fragte ich verzweifelt.

Frau Schmitt-Gössenwein marschierte vor der Zimmertür auf und ab. »Du bist schuld. Du hast das angerichtet. Da du noch minderjährig bist, tragen deine Eltern die Verantwortung für deine Taten. Du holst jetzt also sofort deine Mutter, damit sie die Sache wieder in Ordnung bringt.«

Meine Mutter konnte Fettflecken aus Schulheften entfernen, sich tolle Entschuldigungen ausdenken, wenn ich meine Hausaufgaben nicht gemacht hatte, und sogar einen ziemlich guten Thunfisch-Nudelauflauf hinbekommen, wenn sie sich Mühe gab, aber ich bezweifelte sehr, dass sie in diesem besonderen Fall helfen konnte. Sie verlor ziemlich schnell die Nerven und dann konnte man absolut nichts mit ihr anfangen. Ich hörte sie schon: »Felix, was hast du getan? Wie konntest du nur? Was machen wir denn bloß? Ich hab schon so viel Stress und jetzt auch noch das! Was soll ich nur tun?«

Sie war dann wie eine Platte mit Sprung, wiederholte immer wieder das Gleiche. Manchmal brach sie auch am Ende heulend zusammen. Wie neulich, als ich in der Schule den Turnbeutel mit den funkelnagelneuen Nike-Turnschuhen vergessen hatte und er natürlich geklaut worden war. Nein, meine Mutter durfte nichts erfahren!

»Sie wird sich bestimmt furchtbar aufregen«, sagte ich.

»Ach ja? Und was ist mit mir? Wenn jemand Grund hat, sich aufzuregen, dann ja wohl ich!«, fauchte Frau Schmitt-Gössenwein und stampfte mit dem Fuß auf, was ziemlich lächerlich aussah. »Hol deine Mutter! Sofort!«

Ich kniete immer noch auf dem Boden vor ihr.

»Ich lasse mir etwas einfallen«, sagte ich. »Das verspreche ich Ihnen. Aber bitte, bitte, meine Mutter darf nichts erfahren! Auf keinen Fall!«

Sonnabend, 26. Oktober

In dieser Nacht hatte ich einen Traum. Ich lief mit meinen Eltern durch den Wald. Mein Korb war noch ganz leer. »Wir gehen nach Hause«, sagte mein Vater. »Du findest ja doch nichts mehr.« Aber ich wollte nicht nach Hause. Ich wollte einen Pilz finden, wenigstens einen. Ich kroch durchs Unterholz, mir war heiß, ich hatte das Gefühl zu ersticken, doch da sah ich ihn. Den Steinpilz. Stolz stand er da, noch schöner und größer als auf der Abbildung in meinem Pilzbuch. Ich streckte die Hand aus, um den samtigen Hut zu berühren …

»Aufwachen, Felix!« Das war meine Mutter, die sich auf mein Bett gesetzt hatte. »Es ist gleich neun und dein Vater holt dich um zehn ab.«

Nur mit Mühe befreite ich mich aus meiner Bettdecke, so fest hatte ich mich eingeschnürt.

»Ich wollte gern noch mit dir zusammen frühstücken.«

Als sich meine Mutter vom Bett erhob, fiel ihr Blick auf den Hamsterkäfig.

»Was hast du denn da drin versteckt?«, lachte sie.

Das wunderbare Gefühl beim Anblick des Steinpilzes, das den Traum überdauert hatte, verflog sofort.

»Das wird ein Weihnachtsgeschenk für dich«, sagte ich. »Und du musst mir versprechen, dass du heute den ganzen Tag nicht in mein Zimmer gehst, bitte!«

Meine Mutter strich mir über die verschwitzten Haare. Dann hob sie eine zerknüllte Socke auf. »Kein Problem.«

Als sie aus dem Zimmer gegangen war, stieg ich aus dem Bett und schloss die Tür. Dann holte ich tief Luft. Über den Hamsterkäfig hatte ich am Abend ein dunkles Tuch gelegt. Das macht man so mit Papageien, um sie zum Schweigen zu bringen. Anscheinend hatte es auch bei Frau Schmitt-Gössenwein gewirkt, denn bis jetzt war kein Laut zu hören.

Vorsichtig, ganz vorsichtig zog ich das Tuch jetzt vom Käfig. Keine Spur von ihr. Geräuschvoll atmete ich aus. War sie etwa weg?

Mir fiel Hannibal ein. Der hatte immer die ganze Nacht im Käfig rumort und sich dann am Morgen in seinem Haus verkrochen, um zu schlafen. Vielleicht schlief meine Mathelehrerin ja auch noch. Eine schlafende Frau Schmitt-Gössenwein konnte ich mir zwar nicht vorstellen, aber schlafen muss schließlich jedes Lebewesen. Als Hannibal noch lebte, hatte ich sein Schloss einfach hochgehoben, um zu sehen, wie er da gemütlich eingerollt in seinem Nest aus Stofffetzchen lag. Aber das konnte ich in diesem Fall ja schlecht machen. Sollte ich ans Türchen klopfen?

Am Abend zuvor hatte ich Frau Schmitt-Gössenwein ein Bett und einen Stuhl in den Käfig gestellt. Die stammten aus dem Puppenhaus meiner Mutter, das schon meiner Großmutter gehört hatte. Meine Mutter hatte es noch nicht wieder aufgestellt. Möbel und Zubehör waren in einem Karton verpackt wie so vieles andere auch. Und sie hatte nicht schlecht gestaunt, als sie mich mit einem kleinen Stuhl in der Hand erwischte.

»Wir müssen im Kunstunterricht Möbel zeichnen«, war mir als Erklärung eingefallen, und sie hatte nicht weitergefragt. Sogar winziges Besteck hatte ich gefunden und einen Kronkorken mit einem Rest Kartoffelbrei gefüllt sowie einen Fingerhut mit Wasser.

Von alldem war ebenfalls nichts zu sehen. Sie musste die Sachen ins Schloss geschafft haben.

»Hmmm«, räusperte ich mich. Und noch einmal.

Im Fenster tauchte jetzt ein Kopf auf. »Ja?«, ertönte es unwirsch.

Ich schluckte meine Enttäuschung hinunter und fragte höflich: »Möchten Sie etwas zum Frühstück? Tee vielleicht?«

»Es wäre nett, wenn du dich anziehst, bevor du mit mir sprichst. Ich bin es nicht gewöhnt, dass sich mir meine Schüler im Nachtgewand präsentieren!«

Der Kopf verschwand.

Wie peinlich! Schnell nahm ich meine Sachen vom Stuhl und verschwand im Badezimmer.

»Na, heute kein Frühstück im Pyjama?«, fragte mich meine Mutter lächelnd.

»Papa kommt doch gleich«, murmelte ich und stopfte mir eine Handvoll Cornflakes in den Mund.

Als meine Mutter die Geschirrspülmaschine einräumte, schnitt ich Käse in kleine Würfelchen und legte ihn zusammen mit ein paar Brotkrümeln in den Schraubverschluss eines Marmeladenglases. Einen Eierbecher füllte ich mit Tee.

Zurück in meinem Zimmer, klopfte ich vorsichtig an die Tür des Hamsterschlosses.

Frau Schmitt-Gössenwein erschien. Verächtlich stieß sie mit dem Fuß gegen den Eierbecher. »Wie bitte soll ich denn daraus trinken?«

»Vielleicht können Sie sich mit dem Fingerhut etwas abschöpfen«, sagte ich. »Möchten Sie noch Milch oder Zucker zum Tee?«

»Tee? Was ist das für Tee?«

»Na, ganz normaler schwarzer Tee.«

»Den trinke ich nicht.«

»Kaffee haben wir leider nicht«, sagte ich. »Den trinkt meine Mutter nicht.«

»Ich trinke auch keinen Kaffee. Ich trinke nur Salbeitee.«

Salbeitee. Das war ja ekelhaft. Salbeitee trank man doch nicht, damit gurgelte man höchstens. Und das war schon widerlich genug.

Ich ging in die Küche und fragte meine Mutter nach Salbeitee.

»Salbeitee?« Sie sah mich besorgt an. »Hast du Halsschmerzen?«

»Ja, aber nur ein bisschen.«

Meine Mutter bestand darauf, mir in den Hals zu gucken, sah aber glücklicherweise nichts, sonst hätte sie mich gleich zum Arzt geschleppt. Sie gab mir einen Beutel Salbeitee, ich brühte ihn auf und verschwand damit im Bad. Dort füllte ich etwas in den Fingerhut ab.

Schmitti nahm den Fingerhut in beide Hände wie eine Suppenschale und probierte.

»Schmeckt verstaubt. Habt ihr keinen frischen?«

Ich schüttelte den Kopf.

»Übrigens frühstücke ich nicht ungewaschen. Ich brauche warmes Wasser, Seife und ein Handtuch.«

Ich lief noch einmal ins Bad, füllte eine Seifenschale mit lauwarmem Wasser und schabte mit der Nagelschere ein paar Seifenflocken von der großen blauen Lavendelseife, die meine Mutter so liebt. Aus einem Waschlappen schnitt ich ein briefmarkengroßes Rechteck, den Rest versenkte ich unter benutzten Taschentüchern und ausgekämmten Haaren in dem kleinen Treteimer. Diese Person hielt mich ja ganz schön auf Trab. Dank konnte ich allerdings nicht dafür erwarten.

»Ich benutze nie parfümierte Seife!«, schnaubte Frau Schmitt-Gössenwein. »Und das Handtuch fusselt.«

»Ich hatte keine Zeit, noch ein Monogramm reinzusticken«, sagte ich pampig. Und entschuldigte mich sofort. »Es tut mir leid, aber für mich ist das auch nicht leicht. Ich meine, Sie sind meine Lehrerin und jetzt …«

»Das weiß ich selbst«, unterbrach sie mich. »Mich interessiert viel mehr, was du nun zu tun gedenkst.«

»Mein Vater holt mich gleich ab. Bei ihm kann ich ins Internet. Bestimmt finde ich da eine Lösung für Ihr … Ihr Problem.«

»Mein Problem? Das ist ja wohl die Höhe!« Wieder stemmte Frau Schmitt-Gössenwein die Hände in die Seiten. »Es ist einzig und allein dein Problem, und du hast versprochen, es zu lösen. Wenn dir bis heute Abend nichts eingefallen ist, wird mir etwas einfallen, und das gefällt dir dann ganz sicher nicht.«

Mit diesen Worten verschwand sie in der Tür zum Hamsterschloss. Und stieß sich den Kopf. Ich meinte, das Wort *Scheiße* zu hören, war mir aber nicht sicher.

Als mein Vater unten klingelte, hätte ich nur zu gern mein Zimmer abgeschlossen und den Schlüssel mitgenommen. Aber es gab keinen Schlüssel. Nur einen Riegel von innen.

»Du gehst nicht in mein Zimmer, versprochen?«, beschwor ich meine Mutter noch einmal, als ich mich verabschiedete.

»Ich schnüffele bestimmt nicht bei dir rum«, sagte sie und gab mir einen Kuss, obwohl ich das überhaupt nicht mag.

Dann sah sie mich an, als ob sie noch etwas sagen wollte. Vielleicht *Und grüß Papa von mir* oder so etwas in der Art. Aber sie gab mir nur einen spielerischen Klaps auf den Po. »Na, nun lauf schon. Dein Vater wartet nicht gern.«

Mein Vater hatte in zweiter Reihe geparkt. »Hallo, mein Großer!«, begrüßte er mich. Ich setzte mich neben ihn und er fuhr mir durch die Haare. »Langsam wäre doch wirklich mal ein Besuch beim Friseur fällig, findest du nicht?«

»Hm«, machte ich nur und schnallte mich an. Seit ich in die neue Klasse ging, hatte ich meine Haare wachsen lassen. Keine Ahnung, warum. Es sah noch nicht einmal besonders gut aus. Außerdem musste man sie ständig waschen. Jedes Mal, wenn er mich sah, machte mein Vater eine Bemerkung darüber. Er sagte nicht etwa »Heute gehe ich mit dir zum Friseur, du siehst ja schrecklich aus!«, sondern »Hänseln sie dich nicht in der Schule?« oder »Von hinten könnte man dich glatt für ein Mädchen halten«.

Er legte den Gang ein, blinkte und gab Gas.

Mein Vater hat das Auto behalten. Mein Mutter kann nicht Auto fahren und erledigt alles mit dem Fahrrad. Ich sah ihn von der Seite an. Mein Vater wandte sich mir zu und lächelte. »Na, wie fühlt man sich so ohne Schule?«

»Ach, irgendwie ...«, begann ich und stockte. Ohne Schule war gut, wo bei mir zu Hause meine verhasste Mathelehrerin im Hamsterkäfig hockte und wahrscheinlich vor Wut gerade im Laufrad herumsprang. Ich sah es vor mir, fing an zu glucksen, dann zu kichern, und schließlich bekam ich vor Lachen kaum noch Luft.

»Kann ich mitlachen?«, fragte mein Vater.

Ich konnte nicht antworten, mir liefen die Tränen herunter und ich musste husten.

»Ich dachte, nur pubertierende Mädchen leiden unter Lachkrämpfen.«

Peng! Schlagartig war ich wieder nüchtern. »Ich musste nur an was Komisches denken, das ich gestern im Fernsehen gesehen habe.« Hoffentlich fragte er nicht, was. Ich war viel zu beschäftigt gewesen, um fernzusehen.

Wir hielten vor dem schneeweißen Neubau und fuhren mit dem Fahrstuhl in den siebten Stock. Noch nie war ich so froh gewesen, hier zu sein. Kein Hamsterkäfig und vor allem: keine Frau Schmitt-Gössenwein!

In der Wohnung meines Vaters blitzte alles vor Sauberkeit, wie immer. Ich ging sofort in Nummer zwei und stellte den PC an.

»Ich dachte, wir laufen eine Runde durch den Park«, sagte mein Vater enttäuscht. »Es ist so schön draußen.«

»Ich muss unbedingt ins Internet … wegen einem Referat über … Wirbelstürme.«

»Es wird höchste Zeit, dass du auch bei deiner Mutter einen eigenen PC hast«, sagte mein Vater. »Na, bald ist ja Weihnachten.«

»Ich brauche viel dringender ein neues Fahrrad, Papa.«

»Du kannst doch zu Fuß zur Schule gehen.«

»Schon, aber mit dem Fahrrad macht es einfach mehr Spaß. Und ich muss den Ranzen nicht schleppen.«

Mein Vater zog die Stirn kraus. Er will nicht, dass ich in der Stadt Rad fahre. Während meine Mutter immer Angst hat, dass ich krank werde, sieht mein Vater mich ständig unter einem Auto liegen oder von Jugendlichen in der U-Bahn verprügelt werden.

»Du musst ins Internet, schließlich bist du auf dem Gymnasium«, beharrte er.

»Es reicht doch, wenn ich bei dir einen PC habe.« Ich wollte nicht auch noch einen zweiten Computer. Und wenn jemand einen Internetanschluss brauchte, dann war es meine Mutter, nicht ich. Sie muss ständig in die Bibliothek rennen, wenn sie wissen will, ob es in der Wüste Gobi Rhinozerosse gibt oder ob der Biss einer Vogelspinne wirklich tödlich ist. Aber dass sie überhaupt auf einem PC schreibt, ist schon erstaunlich. Wenn es nach meiner Mutter ginge, dann würde sie alles auf ihrer alten Schreibmaschine tippen und den Verlagen dicke Papierberge zuschicken statt einer kleinen Diskette. Sie ist hoffnungslos altmodisch.

Mein Vater legte sich den Pulsmesser an und verließ die Wohnung. Ich setzte mich an meinen Schreibtisch und gab »Vergrößerungszauber« in die Suchmaschine ein. Hundertvierundfünfzig Treffer. Fantastisch! Aber meine Begeisterung legte sich schnell. Die meisten Seiten bezogen sich auf irgendwelche Computerspiele, die ich nicht kannte, oder auf Fantasyromane, die ich nicht gelesen hatte. Dann stieß ich auf einen merkwürdigen Dialog in bemerkenswert schlechtem Deutsch: »Wieso wird denn meine Kreatur nich risig, das nerft, Mann!!!! Hielfe dringend benötigt.« Die Antwort lautete: »Wenn du's nich hinkriegst, dann versuch's mal mit dem Kreaturvergrößerungszauber.«

Na toll, dachte ich, und wie funktioniert der?

Mein Vater war schon längst wieder zurück und hatte eine Pizza in den Ofen geschoben, als ich endlich eine Entdeckung machte. Auf dem Bildschirm wurde es schwarz, goldene Pentagramme tauchten aus unergründlicher Tiefe auf, eine flammend rote Schrift verhieß: *Zaubersprüche und ihre Wirkung.* Da gab es nicht nur den Spruch, mit dem man Lebewesen oder Gegenstände vergrößern konnte, sondern auch den absoluten Gegenzauber für alles. Ich drückte auf »Print«. Drei eng bedruckte Seiten zog ich aus dem Drucker. Am liebsten wäre ich sofort wieder zu meiner Mutter gefahren, um den Zauber auszuprobieren. Aber wie sollte ich das meinem Vater erklären?

Beim Essen bombardierte er mich wieder mit Fragen: »Wie läuft's in der Schule? Habt ihr den Geschichtstest schon geschrieben? Was lest ihr gerade in Deutsch? Machst du das Referat allein oder mit jemandem zusammen?«

So ist mein Vater nun mal: Schule! Schule! Schule!

Er hat sein Abi auf einer Abendschule gemacht. »Stell dir

vor, jeden Tag acht Stunden auf dem Bau geschuftet und abends dann noch drei Stunden die Schulbank gedrückt. Du weißt ja gar nicht, wie gut du's hast.«

Ich finde nicht, dass ich es besonders gut habe, nur weil ich aufs Gymnasium gehen darf. Manchmal sitze ich bis abends da, weil wir so viele Hausaufgaben aufhaben. Das ist andererseits auch ganz gut, denn sonst würde meiner Mutter vielleicht auffallen, dass ich mich nicht mit Freunden treffe. Ich habe nämlich keine mehr. Als wir noch in unserem Haus wohnten, habe ich mich nach der Schule immer mit den Jungs aus der Nachbarschaft getroffen und wir sind Rad gefahren, geskatet oder haben im Wald an unserem Baumhaus weitergebaut. Ob das wohl jemals fertig geworden ist? Mein Vater hat uns damals ziemlich viel geholfen, eigentlich fehlte nur noch das Dach.

Ich kaute extra langsam und schüttelte zu den Fragen meines Vaters mit dem Kopf, nickte oder zuckte mit den Schultern, je nachdem. Und wartete auf die Frage, die unweigerlich gleich kommen würde: Habt ihr Mathe schon zurück?

Aber in diesem Moment klingelte das Telefon und mein Vater verschwand in seinem Zimmer. Ich vertilgte schnell den Rest der Pizza, die ein wenig pappig schmeckte, aber das tun Tiefkühlpizzen immer.

»Tut mir leid, aber es brennt mal wieder!«, sagte mein Vater, als er zurückkam. »Die brauchen die neuen Entwürfe bis vorgestern.« Er verzog das Gesicht. »Ich befürchte, wir müssen den Kinobesuch auf ein anderes Mal verschieben.«

Das kannte ich schon. Es kam meistens was dazwischen, wenn mein Vater mit mir etwas unternehmen wollte. Er arbeitete zwar unter der Woche ganz normal in einem Architekturbüro, aber sein Chef rief ihn auch oft am Wochenende an. Ich verstehe zwar nicht, was an Klohäusern so dringend ist, dass man auch nach Feierabend daran rumbasteln muss, aber ich bin schließlich auch kein Architekt.

»Der Auftraggeber will Geld sparen, jetzt muss ich mir was Neues für die Belüftung einfallen lassen«, sagte mein Vater. »Ich hoffe, du langweilst dich nicht.«

Normalerweise saß ich in meinem Zimmer und spielte am Computer oder las, wenn mein Vater arbeiten musste. Manchmal machte ich auch Schularbeiten, aber nicht so gern, weil er sie dann immer sehen wollte und meistens was daran auszusetzen hatte, aber heute würde ich nichts dergleichen tun. Ich würde Frau Schmitt-Gössenwein zurückverwandeln, und zwar sofort! Jetzt war mir auch eine gute Ausrede eingefallen.

»Die anderen Jungs aus meiner Klasse treffen sich heute Abend.«

»Ach ja?«, fragte mein Vater interessiert.

»Robert hat Geburtstag, und außerdem sind Ferien«, fuhr ich mit klopfendem Herzen fort. Ich bin kein guter Lügner.

»Bist du nicht eingeladen?«

»Doch, schon, aber wir waren ja heute verabredet.«

Mein Vater packte mich an der Schulter. »Aber das ist doch toll! Da musst du hin. Wann geht's los?«

»Um sechs.«

Mein Vater sah auf die Uhr. »Halb fünf. Soll ich dich nachher hinbringen?«

»Ich muss vorher noch nach Hause, ein Geschenk suchen … und einpacken. Robert wohnt gleich um die Ecke.« Das war das Einzige, das stimmte. Geburtstag hatte Robert jedenfalls sicher nicht, und wenn, wäre ich der Letzte, den er dazu eingeladen hätte.

Ich wusste genau, dass mein Vater Angst hatte, ich könne in der neuen Klasse keinen Anschluss finden. Immer fragte er mich, ob ich denn schon Freunde gefunden hätte.

Er war ziemlich aufgeräumt, als er mich zu meiner Mutter zurückfuhr.

»Bist du auch wirklich nicht traurig?«, fragte ich, als er vor unserem Haus hielt.

»Aber nein, ich finde es gut, wenn du mit Gleichaltrigen zusammen bist. Außerdem muss ich doch sowieso arbeiten.« Er legte mir den Arm um die Schulter und drückte mich kurz.

Ich stieg schnell aus, weil ich sonst angefangen hätte zu heulen.

»Viel Spaß!«, rief mir mein Vater hinterher.

Ich lief die drei Treppen hoch. Hier gab es keinen Fahrstuhl. Die senfgelbe Farbe an den Wänden schlug ulkige Blasen. Wenn man mit dem Finger reinpikte, rieselte weißer Putz raus. Der Läufer auf den Stufen war abgetreten, und man musste aufpassen, dass man nicht an einer losen Stange hängen blieb. Anstatt ständig in unserer Wohnung irgendwas zu reparieren, hätte der Hühnerkopf sich mal lieber um sein Treppenhaus kümmern sollen. Die Klingelschilder sahen an jeder Tür anders aus. Unseres war noch ganz alt und hatte einen Messinggriff. Wenn man an dem zog, ertönte ein lang gezogenes Dingdong wie in einem Tante-Emma-Laden. Mama hatte Susanne und Felix Vorndran mit Kuli auf einen Zettel geschrieben und mit Klebestreifen auf dem Holzschild befestigt. Es sah irgendwie provisorisch aus, so als ob wir bald wieder ausziehen würden.

Mein Vater hatte die Klingel noch nie betätigt, immer nur unten im Auto auf mich gewartet. Und meine Mutter kannte seine Wohnung und Nummer zwei nicht. Ich lebte in verschiedenen Welten und hatte das Gefühl, dass diese Welten sich immer weiter voneinander entfernten.

»Du bist schon wieder da?«, sagte meine Mutter erstaunt, als sie die Tür öffnete. Die nächste Lüge war fällig.

»Störe ich etwa?«, fragte ich, um Zeit zu gewinnen. Außerdem, man konnte ja nie wissen. Vielleicht hatte sie ja einen heimlichen Freund und nutzte meine Abwesenheit zu einem Rendezvous.

»Red keinen Quatsch«, sagte sie. »Und pass auf, wo du hintrittst!«

Jetzt bemerkte ich es erst. In regelmäßigen Abständen waren im Flur Mausefallen aufgestellt. Insgesamt zehn Stück.

»Ich halte das ja auch für übertrieben, aber der Hühnerkopf hat gemeint ...«

»Was bedeutet das?«, fragte ich, obwohl ich die Antwort bereits wusste.

»Mäuse natürlich, was denn sonst«, sagte meine Mutter.

»Ich wäre fast über eine gestolpert, als ich in deinem Zimmer ...«

»Aber du hast mir doch versprochen ... Mama!«

»Entschuldige, Felix, aber ich habe einen Stift gesucht. Bin nur zum Schreibtisch und wieder zurück, und da flitzte sie mir fast über die Füße und verschwand unter deinem Bett.« Meine Mutter verzog angewidert das Gesicht. »Oh Gott, mir wird übel, wenn ich dran denke, dass da morgen eine tote Maus in der Falle liegt. Womöglich sogar mehrere.« Sie sah mich prüfend an. »Du zitterst ja. Hast du solche Angst vor Mäusen?«

»Nein, ich ... mir ist schon den ganzen Tag so komisch. Ich glaube, ich werde krank.« Ich fühlte, wie sich auf meinen Armen Gänsehaut bildete.

»Du bist auch ganz blass. Deswegen wolltest du auch nach Hause, jetzt verstehe ich.« Sie schloss mich in die Arme. »Hoffentlich ist dein Vater nicht gekränkt.«

»Ist er nicht. Bestimmt nicht. Ich leg mich hin.«

Vorsichtig öffnete ich die Tür zu Nummer eins.

»Soll ich dir einen Tee bringen? Oder eine heiße Milch?«

»Später, Mama.«

Aufatmend schloss ich die Tür hinter mir. Direkt vor meinem Bett lag eine Mausefalle. Leer!

Ich hob sie auf und legte sie auf meinen Schreibtisch. Von Frau Schmitt-Gössenwein war nichts zu sehen. Ich klopfte ans Hamsterschloss. Keine Reaktion. Steckte sie eingequetscht in einer Falle, die ich nur noch nicht entdeckt hatte?

Nein. »Mach die Augen auf! Hier bin ich!«, hörte ich ihre Stimme. Ich legte mich auf den Boden und spähte unters Bett. Keine Mathelehrerin, nur dicke Staubflusen.

»Deine Mutter hält wohl nichts vom Saubermachen, was?«

Ich richtete mich auf und blickte mich suchend um.

»Kommt hier rein, und anstatt mal ordentlich zu saugen, kreischt sie wie am Spieß und verschwindet wieder.«

Da war Schmitti! Auf meinem Regal. Thronte mit übereinandergeschlagenen Beinen auf der Einfassung meiner Ritterburg. Ich hätte ihr gern gesagt, dass das eine sehr wacklige Angelegenheit war. Als ich die Burg nach dem Umzug wieder aufbauen wollte, hatten ein paar Teile gefehlt, aber wenn Schmitti da jetzt runterfiel – ihr Pech!

»Und dann war dieser Mann von gestern hier drin, der hat genau wie du unters Bett geguckt. Und gehustet. Wahrscheinlich hat er eine Stauballergie.«

»Das war Herr Hühnerkopf, unser Vermieter«, sagte ich. »Er hat überall Mausefallen aufgestellt. Meine Mutter dachte nämlich, Sie wären eine Maus.«

»Sie scheint auch nicht viel intelligenter zu sein als du«, sagte Frau Schmitt-Gössenwein. »Dabei hat sie mich überhaupt nicht bemerkt. Ehe ich mit ihr sprechen konnte, war sie schon wieder weg.«

Was für ein Glück, dachte ich. Laut sagte ich: »Ich hab's. Ich hab den Gegenzauber gefunden.«

»Wurde ja auch Zeit.«

»Vielleicht kommen Sie am besten wieder runter. Denn wenn Sie wieder Ihre richtige Größe haben, ist meine Burg platt.«

»Du unverschämter ...« Frau Schmitt-Gössenwein brach ab und starrte in die Tiefe. »Wie soll ich denn hier runterkommen?«

»Wie sind Sie denn hochgekommen?«

»Ich hab die Burg von unten gesehen, sie sah so einladend aus ... irgendwie passend.«

Ich gebe zu, dass die Burg wirklich sehr schön ist, aber wie ein Burgfräulein sah Frau Schmitt-Gössenwein ja nun nicht gerade aus.

»Ich meine, von der Größe passend«, fuhr sie fort. »Und da bin ich an den Büchern hochgeklettert. War gar nicht schwer. Aber runter ...«

Sie schloss die Augen.

»Vielleicht haben Sie Höhenangst«, sagte ich. »Das hab ich auch, ich weiß, wie man sich da fühlt.«

Sie riss die Augen wieder auf. »Höhenangst, so ein Blödsinn! Ich hab noch nie Höhenangst gehabt. Schon gar nicht auf einem Bücherregal.«

»Das kann ganz plötzlich kommen. Warten Sie, ich helfe Ihnen.« Ich trat ans Regal und streckte die Hand aus.

»Sei vorsichtig!«, kreischte Frau Schmitt-Gössenwein. »Du hast so grobe Finger.«

Ich nahm eine Schachtel mit Buntstiften, kippte die Stifte aus und hielt sie ihr hin.

»Steigen Sie ein, bitte!«

Sie stieg in die Schachtel.

Behutsam senkte ich die Schachtel, aber wohl nicht behutsam genug. »Hilfe! Das schaukelt!«, rief Schmitti und klammerte sich an den Rand wie ein seekranker Passagier an die Reling. Ganz, ganz langsam setzte ich sie auf dem Boden ab. Sie stieg aus der Schachtel und fuhr sich übers Haar.

»Ich pflege normalerweise nicht durch die Luft zu sausen.«

»Sind Sie bereit?«, fragte ich. »Bereit für die Entzauberung?«

»Natürlich, fang an!«

Ich zog den Ausdruck aus meiner Hosentasche und starrte ihn an.

»Nun mach schon! Ich hab bereits genug Zeit hier vertrödelt.«

Welcher Spruch war es denn nur gewesen? Fidelius, nein, Furunculus, bloß nicht! Latein müsste man können. Aber das hier war er: Finite incantatem!

Ich öffnete den Mund und sah auf Frau Schmitt-Gössenwein hinab. Gleich würde sie wieder groß sein und dann … Wie bekam ich sie ungesehen aus der Wohnung?

»Wir sollten es besser draußen vor der Wohnungstür machen«, sagte ich statt des Zauberspruches. »Dann können Sie gleich nach Hause gehen, ohne dass jemand Sie sieht.«

»Das könnte dir so passen! Du verwandelst mich jetzt und hier in mein altes Selbst und dann werde ich ein paar ernste Worte mit deiner Mutter reden!«

Es klopfte an meine Tür. »Felix? Alles okay?«

»Alles okay, Mama, ich schlafe schon fast …« Ich gähnte laut.

»Tu das, mein Schatz. Ich muss zum Nachtbriefkasten. Bin gleich wieder zurück.«

Gerettet. Sollte die Schmitt-Gössenwein immer noch in der Wohnung sein, wenn meine Mutter zurückkam, und ihr irgendwas von meinem Verkleinerungszauber erzählen, würde meine Mutter sie für völlig durchgeknallt halten.

Als ich die Wohnungstür ins Schloss fallen hörte, sagte ich laut und deutlich: »Finite incantatem!«

Frau Schmitt-Gössenwein wurde nicht größer, dafür lief ihr Gesicht rot an. Ihr Kopf sah aus wie eine Kirsche.

»Was soll das denn heißen: Finite incantatem, heh?«

»Ich weiß es nicht, aber es soll ein Gegenzauber für alles sein.«

»Das ist kein Zauber, sondern Latein, so viel verstehe ich jedenfalls, und bewirkt so viel, als wenn du zum Himmel sagen würdest ›Fall runter!‹, nämlich nichts!«

»Aber im Internet stand …«

»Internet! Wenn ich das schon höre!«, spuckte sie. »Da steht doch sowieso nur Blödsinn. Hat es geholfen, ja oder nein?«

»Nein«, musste ich zugeben.

»Was also gedenkst du nun zu tun?«

Wenn ich das nur wüsste.

»Ich … ich könnte … sollte vielleicht …«

»Könnte, sollte, würde! Mehr fällt dir nicht ein?«

Ich setzte mich auf mein Bett. Jetzt hatte ich wirklich Kopfschmerzen. »Nein«, sagte ich.

»Wenigstens mal eine klare Aussage«, sagte die Schmitt-Gössenwein gewohnt schnippisch. Leise fügte sie hinzu: »Du hattest es versprochen.«

Das war schlimmer als ihr Geschimpfe.

»Ich brauche einfach mehr Zeit«, sagte ich, um überhaupt etwas zu sagen, denn selbst in hundert Jahren würde mir keine Lösung einfallen. »Zeit zum Nachdenken.«

Sie legte den Kopf schief und sah zu mir hoch. Und obwohl sie so winzig war, dass ich ihre Augen hinter der Brille kaum erkennen konnte, kannte ich diesen Blick. So schaute sie immer, wenn sie einen bei einem Fehler ertappte oder wenn man seine Hausaufgaben nicht gemacht hatte. Ich mochte diesen Blick nicht.

Ich strich meine Bettdecke glatt und fühlte etwas Hartes am Fußende. Ein Pferd. Eines der Pferde, die zu den Rittern meiner Burg gehörten. Ich weiß nicht genau, warum, aber ich stellte es vor Frau Schmitt-Gössenwein auf den Boden.

»Ein Pferd«, sagte ich.

»Das sehe ich selbst«, sagte sie. Aber interessiert schien sie doch, denn sie ging um das Pferd herum, fasste es an, dann hielt sie sich am Zaumzeug fest und schwang sich hoch. Ihr Rock hinderte sie daran, sich rittlings hinzusetzen, und so saß sie seitlich und tätschelte dem Pferd den harten Plastikhals.

»Ich hab auch ein Pferd mit Damensattel«, sagte ich. »Für die Burgfräuleins.«

Ich hatte eigentlich keine Frauen in meiner Ritterburg haben wollen, aber meine Mutter hatte mir zwei vornehm gekleidete Damen geschenkt und dazu ein weißes Pferd mit Damensattel. Manchmal denke ich, sie hätte viel lieber ein Mädchen gehabt als einen Jungen.

»Danke, nein.« Frau Schmitt-Gössenwein ließ sich vom Pferd herab. »Auf dem kann man ja gar nicht richtig reiten.«

»Sind Sie mal geritten?«, fragte ich.

»Ich hätte gern, aber …« Sie unterbrach sich. »Reiten ist

ein gefährlicher Sport.« Sie gab dem Pferd einen Schubs und es fiel um.

»Möchten Sie lieber Auto fahren?« Ich stand auf, ging zum Regal und holte meinen Bugatti herunter. Ein roter Bugatti Typ 55, ein Traum von einem Auto. Natürlich nur das Modell. Aber ferngesteuert.

Schmitti ging zu dem Wagen, öffnete die Tür, setzte sich hinein und sagte: »Na, dann mal los!«

Ich nahm die Fernsteuerung und ließ das Auto langsam geradeaus fahren.

»Geht's vielleicht etwas schneller?« Schmitti klopfte ungeduldig auf das Lenkrad.

Na bitte, wenn sie es so wollte. Ich gab mehr Power.

»Gut so. Und jetzt rechts rum!«

Ich lenkte sie in einer großen Kurve zum Schreibtisch.

»Und links!«

Sie sauste unters Bett. Es krachte. Sie musste an die Scheuerleiste gestoßen sein. Hoffentlich war ihr nichts passiert, ein Schleudertrauma oder Schlimmeres. Ich legte den Rückwärtsgang ein, sie schoss hustend unter dem Bett hervor, über und über mit Staubflusen bedeckt.

»Danke, das reicht.« Sie stieg aus dem Wagen und klopfte sich ab. »So ein Cabriolet hat auch seine Nachteile. Hast du noch andere Autos?«

Leider nicht. Mein Vater hatte mir den Bugatti vor zwei Jahren zu Weihnachten geschenkt, er war das Traumauto seiner Jugend. Als wir das Auto über die Terrasse unseres Hauses sausen ließen, erzählte er mir, dass er als Schüler jeden Pfennig Taschengeld gespart hatte, um sich den Modellbausatz zu kaufen. Er wusch den Wagen seines Vaters, verkaufte Zeitungen und trug alten Leuten die Einkäufe nach Hause. Als er das Geld bis auf ein paar Groschen zusammenhatte, setzte er sich aus Versehen auf die Brille einer Tante, die gerade zu Besuch war, und hatte sie ersetzen müssen. Die Brille, nicht die Tante.

Als ich mich bücken wollte, um das Auto hochzuheben, knickte ich irgendwie ein, verlor das Gleichgewicht und wäre beinahe auf Frau Schmitt-Gössenwein gefallen, konnte mich aber gerade noch drehen und fiel ... auf den Bugatti.

»Scheiße!«, rief ich laut.

Frau Schmitt-Gössenwein sah mich an, wie ich da so halb auf dem Boden lag, und meinte nur: »Dieses Wort möchte ich nicht gehört haben.«

»Er ist kaputt«, sagte ich. Die Windschutzscheibe war abgebrochen und einer der Scheinwerfer. Das konnte man bestimmt nicht mehr kleben. Nur gut, dass mein Vater das nie sehen würde.

»Und jetzt möchte ich durch die Luft fahren«, sagte Frau Schmitt-Gössenwein, als ich mich aufgerappelt hatte und den kaputten Bugatti zurück ins Regal stellte. »Mit dem Ballon da!«

An meinem Schrank hing ein selbst gebastelter Ballon aus

buntem Seidenpapier mit einem Korb untendran. »Das ist kein richtiger Ballon«, sagte ich.

»Funktioniert er? Ja oder nein?«

Das konnte ich bejahen, denn ich hatte es ausprobiert, mit Hannibal als Passagier. Allerdings hatte ich ihn nur vom Schreibtisch zum Boden schweben lassen und gefallen hatte es ihm auch nicht. Wenn die Schmitt-Gössenwein jetzt abstürzte, sollte es mir nur recht sein. Oder nicht? Was machte ich mit ihr, wenn sie sich beide Arme und Beine brach? Das wollte ich mir lieber nicht vorstellen. Ich stellte den Ballon auf den Boden, Schmitti stieg in den Korb.

»Von wo wollen Sie starten?«, fragte ich sie.

»Vom Schrank, sonst lohnt es sich ja nicht.«

Ich entdeckte völlig neue Seiten an meiner Mathematiklehrerin. Wer hätte gedacht, dass sie so abenteuerlustig war?

Vorsichtshalber legte ich meine Bettdecke vor den Schrank. Dann stieg ich auf den Schreibtischstuhl und stellte Schmitti mitsamt Ballon auf dem Schrank ab, nah an der Kante. Sie blickte nach unten. Bekam sie wieder Höhenangst?

»Sie müssen nicht«, sagte ich.

»Ich will aber!« Sie stellte sich aufrecht hin und rief: »Leinen los!«

Erwartete sie von mir, dass ich ihr einen Schubs gab? Anscheinend ja. Ich stupste den Korb an, er kippte zur Seite … Beinahe wäre Schmitti rausgestürzt und mit einem Köpper auf der Decke gelandet. So ging das nicht. Ich hob den Ballon hoch und ließ ihn los. Er trudelte kurz, dann fing er sich und segelte ganz gemütlich zu Boden.

»Noch einmal!«, rief Schmitti, und ich sah sie zum ersten, zum wirklich allerersten Mal lächeln.

Sonntag, 27. Oktober

In dieser Nacht hatte ich einen Albtraum. Ein riesiger schwarzer Geier mit dem Gesicht von Frau Schmitt-Gössenwein hockte auf meinem Regal und starrte mich böse an. Die lange spitze Nase hatte sich in einen Schnabel verwandelt. Gerade als der Geier seine Schwingen ausbreitete und sich auf mich stürzen wollte, wachte ich zum Glück schweißgebadet auf.

Vielleicht war ich wirklich krank, vielleicht sollte ich mir einfach die Decke über die Ohren ziehen und warten, bis alles vorüber war.

»Muss man denn hier ewig auf sein Frühstück warten?«, hörte ich eine nur zu bekannte Stimme. Ich schlug die Augen auf und drehte den Kopf. Auf meinem Nachttisch stand Frau Schmitt-Gössenwein und stemmte die Arme in die Seiten. Anscheinend entwickelte sie eine Vorliebe fürs Klettern. Sie musste sich am Kabel meiner Nachttischlampe hochgehangelt haben. Alle Achtung, ich hätte nicht gedacht, dass sie so sportlich war. Aber ich hätte ja auch nicht gedacht, dass sie eine Vorliebe für schnelle Autos und Ballonfahrten entwickeln könnte.

»Heute ist Sonntag, wenn ich mich nicht irre, und sonntags pflege ich ein gekochtes Ei zu essen, ein Viereinhalb-Minuten-Ei, wohlgemerkt, sowie ein Glas frisch gepressten Orangen-«

In diesem Moment ging die Tür auf. Hastig griff ich nach Frau Schmitt-Gössenwein und stopfte sie unter meine Decke.

»Guten Morgen, mein Schatz. Wie geht's dir? Besser?«, fragte meine Mutter.

Ich nickte und legte die Hand auf die zappelnde Beule in meiner Decke.

»Was möchtest du zum Frühstück?«

»Orangensaft und ein weiches Ei, bitte.«

Meine Mutter sah mich erstaunt an. »Seit wann magst du gekochte Eier?«

Ich hasse gekochte Eier. Früher, im Kindergarten, gab es donnerstags immer Eier in Senfsoße. Entweder war das Ei so hart gekocht gewesen, dass das Eigelb schon grau am Rand war, oder so weich, dass das Eiweiß noch glibberte.

»Du sagst doch, dass man immer mal wieder probieren soll, ob man nicht doch was mag, das man vorher nicht mochte«, faselte ich. Sehr überzeugt sah meine Mutter nicht aus. Als sie das Zimmer verlassen hatte, schlug ich die Decke zurück. Eine etwas zerstrubbelte Frau Schmitt-Gössenwein tauchte auf, und mit einem »Unverschämtheit!« stapfte sie zum Kopfende meines Bettes, kletterte auf den Nachttisch und ließ sich wie Tarzan am Lampenkabel zum Boden herab. Dann verschwand sie im Hamsterkäfig.

Auf meinem Platz standen ein Glas Orangensaft und ein weich gekochtes Ei. Meine Mutter füllte Cornflakes in eine Schüssel. »Keine einzige Maus ist in die Falle gegangen«, sagte sie. »Aber es gibt welche. Ich hab sie schließlich gesehen. Vielleicht hilft da doch nur Gift.«

Ich sah eine vergiftete Schmitti vor mir, steif und starr auf dem Boden liegend. »Nein!«, rief ich.

»Du hast recht, das ist ein qualvoller Tod. Dann doch lieber eine Falle.«

Es war gar nicht so einfach, unbemerkt etwas Orangensaft in ein kleines Schnapsglas zu gießen und ein wenig Ei in einem Kronkorken zu verteilen. Ich stellte beides in den Hamsterkäfig.

Schmitti ließ sich nicht blicken. Ich nahm die Seifenschale aus dem Käfig, säuberte sie und füllte sie mit frischem Wasser, bei Hannibal hatte ich das auch immer gemacht, nur dass Frau Schmitt-Gössenwein kein Hamster war.

Leider.

»Musst du nicht arbeiten?«, fragte ich meine Mutter, die gemütlich in der Küche saß und Zeitung las.

»Ich hab gestern Abend schon mal die ersten einhundertfünfzig Seiten in die Post gegeben, da haben die im Verlag was zu lesen. Und heute nehme ich mir einfach frei. Schließlich ist Sonntag und du hast Ferien.«

Ich versuchte ein freudiges Lächeln. Mir wäre es viel lieber gewesen, meine Mutter wäre für den Rest des Tages in ihrem Arbeitszimmer verschwunden. Nun musste ich sie davon abhalten, weiter auf Mäusejagd zu gehen. »Wollen wir nicht ein bisschen raus? Pilze suchen vielleicht?«

Meine Mutter sah aus dem Fenster. »Es sieht nach Regen aus, aber etwas frische Luft nach der langen Sitzerei würde mir sicher ganz guttun.«

Schnell zog ich mich an. Ich schnürte gerade meine Schuhe zu, als mir einfiel, dass ich fairerweise Frau Schmitt-Gössenwein Bescheid sagen sollte.

Sie wusch sich die Hände in der Seifenschale. »Würdest du wohl so viel Anstand besitzen und draußen warten, bis ich meine Toilette beendet habe?«

Was meinte sie? Wollte sie in die Seifenschale pinkeln?

»Sie können so lange aufs Klo gehen, wie Sie wollen«, sagte ich. »Ich muss mit meiner Mutter weg. In den Wald. Es wird sicher ein paar Stunden dauern.«

»Ich komme mit.« Frau Schmitt-Gössenwein trocknete sich die Hände an dem Stückchen Frottee ab.

»Aber das geht doch nicht … ich meine … wie?«

»Du hast mich doch schon einmal in die Tasche gesteckt, wenn ich nicht irre.« Sie legte den Kopf schief und sah zu mir hoch. »Aber nicht wieder so grob, wenn ich bitten dürfte.«

Auf dem Weg zur S-Bahn bemühte ich mich, nicht an Schmitti in meiner Jackentasche zu denken. Ich verdeckte sie möglichst unauffällig mit der Hand, aber wohl nicht unauffällig genug, denn meine Mutter fragte: »Hast du was Zerbrechliches in der Tasche?«

»Nein, nur ein paar Kastanien.«

Meine Mutter bückte sich, hob eine besonders schön glänzende Kastanie auf, die noch halb in der Schale saß, und stopfte mir das stachelige Ding in die Tasche. Ein dumpfes »Aua!« war zu hören.

Ich hustete laut, dann griff ich in die Tasche und versuchte, die Kastanie vorsichtig herauszuziehen, aber das ging nicht. Schmitti hatte sich mit den Haaren in den Stacheln verfangen. Ein schneller Ruck und ich hatte zwar die Kastanie, aber Schmitti schrie laut auf. Glücklicherweise hörte meine Mutter es nicht. Sie rief gerade »Beeil dich, unsere Bahn fährt gleich!« und beschleunigte ihren Schritt.

Ich lief hinter ihr her. Für Schmitti war die Wackelei sicher nicht sehr angenehm.

In der Bahn verhielt sie sich dann aber halbwegs ruhig, wenn man von einem Nieser einmal absah.

Meine Mutter bekam nichts mit, sie sah gedankenverloren aus dem Fenster. Wir fuhren in unsere alte Heimat. Als wir am Bahnhof aus der S-Bahn stiegen, hätten wir nur die Straße linksherum und dann geradeaus gehen müssen, um an dem Haus vorbeizukommen, in dem wir bis vor Kurzem gelebt hatten. Aber wir gingen nicht linksherum, sondern nach rechts in Richtung Wald. In unserem Haus lebte eine neue Familie. Die Leute waren ein paarmal da gewesen, um alles auszumessen, bevor wir überhaupt ausgezogen waren. Ganz unbefangen hatten sie darüber geredet, wie sie das Wohnzimmer einrichten wollten, wo die Schrankwand hinkommen sollte und welches der beiden Kinder welches Zimmer bekam. »Ziehen Sie in ein größeres Haus?«, hatte die Frau gefragt.

»Wir ziehen zurück in die Stadt«, hatte meine Mutter schnell geantwortet.

»Und wir ziehen aus der Stadt weg«, hatte die Frau gesagt und meine Mutter angeschaut, als wäre sie nicht ganz richtig im Kopf. »Für die Kinder ist es doch so viel gesünder, in der Natur groß zu werden. Allein schon der Garten!«

Bei dem Stichwort *Garten* hatte ich meine Mutter nicht angeschaut. Aus dem Haus hatte sie sich nicht so viel gemacht, es war ihr zu rechtwinklig, wie sie immer sagte, aber den Garten hatte sie geliebt, hatte Gemüse angepflanzt und Kräuter gezogen. Bis in den November hinein hatten die Rosen geblüht. Auf dem Küchentisch hatte immer eine Vase mit Gartenblumen gestanden.

»Ich kann nicht Auto fahren«, hatte meine Mutter gesagt, und die Frau hatte aufgehört zu fragen.

Eigentlich wäre ich ja gern am Haus vorbeigegangen, um zu schauen, was die neuen Besitzer alles verändert hatten.

Als Erstes hatten sie ein grellbuntes Gestell mit Plastikschaukeln aufgestellt. Das war an dem Tag, an dem die zwei Umzugswagen vor der Tür gehalten hatten. In den einen waren die Sachen meines Vaters, in den anderen die Sachen meiner Mutter geladen worden.

Nun bogen wir von dem breiten Hauptweg in einen schmalen Pfad ein. Hier begegnet man fast nie jemandem, weil die meisten Leute Angst haben, sich im Wald zu verlaufen. Normalerweise gingen wir an dieser Stelle getrennt auf die Pirsch. Doch meine Mutter lief weiter neben mir her, schlenkerte mit dem Korb und sah eher achtlos nach rechts und links. »Wie geht's denn eigentlich so in der Schule?«, fragte sie.

»Gut«, erwiderte ich knapp. Über die Schule zu reden war wirklich das Letzte, wonach mir im Augenblick der Sinn stand.

»Na, zumindest in Mathe scheint es ja nicht so gut zu laufen, nicht wahr?«

»Ach, Mathe …«, sagte ich gedehnt. »Mathe war doch noch nie mein Ding.«

Meine Mutter bückte sich und hob ein welkes Blatt auf. »Nichts, schade.« Dann sah sie mich an. »Ich dachte, das Problem sei eher die Mathelehrerin.«

Ich schlug einen Haken nach links. »Ich glaub, ich hab was entdeckt.«

Meine Mutter folgte mir. »Wie hieß sie noch mal? Irgend so ein ulkiger Doppelname ... Schmitt-Gänsewein oder so ähnlich.«

»Gössenwein«, sagte ich und scharrte so geräuschvoll im Laub, wie man im Laub nur scharren kann. Leider machen feuchte Blätter nicht viel Lärm.

»Beim Elternabend hat sie sich vorgestellt«, sprach meine Mutter weiter. »Gruselig! Dass dieser Typ Lehrerin aber auch nie ausstirbt!«

Ich hustete laut.

»Hässlich, verklemmt und garantiert unfähig, einem irgendetwas beizubringen.«

»Unverschämtheit!«, ertönte es laut und deutlich.

»Was?«, fragte meine Mutter.

»So eine Unverschämtheit«, sagte ich schnell. »Eigentlich müsste es nach dem Regen der letzten Woche doch jede Menge Pilze geben.«

Meine Mutter schien sich heute für Pilze nicht besonders zu interessieren. Sie kniff nachdenklich die Augen zusammen. »Lehrer können einem das Leben wirklich zur Hölle machen. Wenn ich nur an meine Deutschlehrerin denke! Hildegunde Bollmann. Sie bestand doch wirklich darauf, dass man sie Fräulein nannte.«

»Was war mit der?«, fragte ich schnell. Wenn sie von dieser Bollmann erzählte, sprach sie wenigstens nicht von Frau Schmitt-Gössenwein.

»Als ich die Schmitt-Gössenwein gesehen hab, musste ich sofort an Fräulein Bollmann denken. Die sah auch irgendwie so … so vergeblich aus.«

Ich wusste nicht, was genau meine Mutter mit *vergeblich* meinte, aber es war ganz sicher nichts Nettes. Frau Schmitt-Gössenwein zappelte wütend in meiner Jackentasche herum. Sehr wütend, wie mir schien.

»Sie liebte Balladen«, erzählte meine Mutter weiter.

»Wir nannten sie immer ›Balladen-Bollmann‹ und daraus wurde dann irgendwann ›Fräulein Balla-Balla‹.« Sie lachte.

Ich hätte gern mitgelacht, aber ich sagte nur: »Das war aber nicht nett von euch.«

Meine Mutter sah mich verwundert an. Ich war sonst der Letzte, der Lehrer in Schutz nahm. »Du kannst dir nicht vorstellen, wie schrecklich sie war. Wir mussten sämtliche Strophen von *Die Bürgschaft* auswendig lernen.« Sie stellte sich mitten im Wald in Positur und deklamierte: *»Zu Dionys, dem Tyrannen schlich Damon, den Dolch im Gewande; ihn schlugen die Häscher in Bande* … und das geht ewig so weiter. Ich weiß nur noch den Schluss: *Ich sei – gewährt mir die Bitte – in eurem Bunde der Dritte!«*

Wir waren auch drei – Frau Schmitt-Gössenwein, meine Mutter und ich. Und wer der Tyrann war, darüber musste ich nicht lange nachdenken.

»Wehe, man machte beim Aufsagen einen klitzekleinen Fehler«, fuhr meine Mutter fort. »Dann bekam man sofort eine Fünf. Ich kann dir mal mein Mitteilungsheft zeigen, es ist voll mit Eintragungen von ihr. *Susanne schwatzt während des Unterrichts, Susanne hat ihre Hausaufgaben nicht angefertigt, Susanne hat dies … Susanne hat jenes …* und so weiter und so fort …«

»Frau Wahlbusch, unsere Deutschlehrerin, ist aber nicht so, sie würde nie …«, warf ich ein, aber meine Mutter unterbrach mich.

»Ja, die scheint ganz in Ordnung zu sein, aber diese Schmitt-Gössenwein! Hat uns Eltern behandelt, als seien wir ihre Schüler. *Sollte noch jemand Fragen haben, dann bitte ich um Meldung*«, äffte sie sehr treffend Schmittis Sprechweise nach. »Also bei der hätte ich bestimmt auch nur Fünfen.«

»Allerdings«, ließ sich Frau Schmitt-Gössenwein aus meiner Tasche vernehmen.

Meine Mutter blieb stehen. »Was war das?«

»Was?« Ich tat ganz dumm.

»Jemand hat *allerdings* gesagt und du warst es nicht.«

Mich durchfuhr es heiß und kalt. Dann lachte ich verlegen. »Hab ich dir das nicht erzählt … ich … ich übe bauchreden. Wir wollen beim Schulfest etwas aufführen.«

»Ach ja? Mach mal vor. Ich hab nie verstanden, wie das geht.«

Ich auch nicht. Ich hatte null Ahnung vom Bauchreden. Ich presste die Zähne aufeinander, bewegte die Lippen nicht und wollte irgendetwas vor mich hin murmeln, da ertönte: »Mir reicht's jetzt!«

»Felix! Das ist ja toll! Deine Stimme klingt ganz anders, irgendwie so dumpf.«

»Das ist ja auch der Trick dabei. Wollten wir nicht Pilze suchen, Mama?«

»Stimmt, aber ich hab so ein Gefühl, als ob wir heute nicht viel finden werden. Gehst du da lang?«

Ich zwängte mich durch dicht stehende niedrige Fichten, bis ich auf eine kleine Lichtung kam. Und da standen Pilze. Drei, vier. Mit hellgrünen Köpfen. Das Grün leuchtete so wie diese phosphoreszierenden Sterne, die man sich an die Decke kleben kann. Knollenblätterpilze. Absolut tödlich. Ich wundere mich immer wieder, dass so etwas Giftiges einfach im Wald herumstehen darf. Und am meisten wundere ich mich darüber, dass es jedes Jahr Leute gibt, die diese Pilze auch noch essen. Sie sollen angeblich ganz gut schmecken.

»Hol mich hier raus!«, tönte es aus meiner Tasche.

Vorsichtig griff ich mit zwei Fingern hinein und wollte Frau Schmitt-Gössenwein herausziehen. Was war das denn? Sie klebte an meinen Fingern fest! Mist. Als ich gestern zu meinem Vater ins Auto gestiegen war, hatte ich schnell meinen Kaugummi in die Tasche gesteckt, weil er es nicht mag, wenn ich Kaugummi kaue. Hatte ich ihn etwa nicht eingewickelt? Schmitti jedenfalls sah aus wie in einem rosa Spinnennetz gefangen. Und je mehr sie zappelte, desto schlimmer wurde es.

»Das ist ja eine widerliche Sauerei!«, schimpfte sie. »Du weißt, was auf Kaugummikauen im Unterricht steht?«

»Wir sind hier aber nicht im Unterricht«, wagte ich ihr zu widersprechen. »Und ich kaue den Kaugummi auch nicht, ich habe ihn gekaut. Gestern, um genau zu sein.«

»Was?« Ihr Gesicht lief leicht grünlich an. »Mach's weg, sofort!«

Leichter gesagt als getan. Meine Mutter hat mal einen Pulli von mir, an dem Kaugummi klebte, für einen Tag ins Tiefkühlfach gelegt. Danach ging das Zeug ganz leicht ab. Aber erstens war hier weit und breit kein Eisschrank und zweitens hätte Schmitti das wohl kaum überlebt. Ich musste also versuchen, sie ohne irgendwelche Tricks aus den Fängen eines Hubba Bubba zu befreien. Mit denen kann man prima Blasen machen, aber wo sie einmal kleben, da kleben sie. Immerhin hatte sie das Zeug nicht in den Haaren. Die hätte ich sonst abschneiden müssen. Wie Schmitti wohl mit Glatze aussehen würde? Ich kicherte leise.

»Das findest du wohl auch noch komisch, was?« Sie wollte wieder die Arme in die Seiten stemmen, aber das ging nicht, denn der linke Oberarm klebte an ihrer Jacke fest.

»Nein, nein, überhaupt nicht«, sagte ich. »Halten Sie bitte mal still.« Ich zupfte und zog und zerrte, schließlich waren meine Finger völlig verkleistert, aber Schmitti war halbwegs sauber. Behutsam setzte ich sie auf einem Moospolster ab.

»Erst werde ich von tausend Stacheln durchbohrt und dann von einem Kaugummi erdrosselt. Das ist …«

»Sie wollten doch mit, oder etwa nicht?«, sagte ich. »Wären Sie im Hamsterkäfig geblieben, dann wäre das alles nicht passiert.«

»Und wenn du deine Taschen nicht als Mülleimer benutzen würdest, auch nicht!«, giftete Frau Schmitt-Gössenwein zurück. Sie versuchte, einen rosa Kaugummifaden loszuwerden, der sich um ihren Rock geschlungen hatte. »Erst muss man sich die Beleidigungen deiner Mutter anhören«, schimpfte sie. »Und dann diese Sauerei hier!«

»Meine Mutter hat das bestimmt nicht so gemeint.«

»Den Eindruck hatte ich ganz und gar nicht!« Schmitti setzte vorsichtig einen Fuß vor den anderen, dabei sank sie im Moos ein. »Huch, das ist ja ganz nass!«

Ich sah von oben auf sie herab. Wie ein winziger Storch stakste sie von einem Moospolster zum anderen.

»Wolltest du nicht Pilze suchen?«, fragte Frau Schmitt-Gössenwein. »Da stehen welche.«

»Das sind Knollenblätterpilze«, sagte ich.

»Ach ja? Und der hier?« Frau Schmitt-Gössenwein stapfte zu einem Pilz mit langem schlankem Stiel und großem schuppigem Hut hinüber. Sie hielt sich am Stiel fest und schaute hoch wie in einen aufgespannten Regenschirm.

»Das ist ein Schirmpilz. Sehr lecker, nur der Stiel ist etwas holzig.«

»Er riecht gut«, sagte Frau Schmitt-Gössenwein und brach ein Stückchen von den schneeweißen Lamellen ab.

»Das können Sie ruhig essen«, sagte ich. »Der Pilz schmeckt auch roh.«

Frau Schmitt-Gössenwein machte den Mund auf und wieder zu. »Wenn du dich mit Pilzen so gut auskennst wie mit Prozentrechnung, dann verzichte ich lieber.«

»In Bio hab ich eine Eins«, sagte ich und hätte am liebsten hinzugefügt: »Herr Günther ist ja auch ein guter Lehrer.«

»Biologie ist doch kein ernst zu nehmendes Fach«, sagte sie und trat unter dem Pilz hervor. »Was macht ihr da schon groß? Sprecht über Tierchen und Blümchen.« Sie schüttelte eine Glockenblume und schrie auf. Das »Blümchen« hatte den Inhalt seines Blütenkelches über sie ausgegossen. Sie sah aus, als hätte sie in voller Montur eine Dusche genommen.

Ich zog ein nicht ganz sauberes Taschentuch aus meiner Hosentasche und gab es ihr.

»Felix, kommst du mal schnell!«, hörte ich meine Mutter rufen. »Ich hab da einen komischen Pilz gefunden.«

»Ich bin gleich wieder da«, sagte ich zu Schmitti und lief zu meiner Mutter.

Sie hielt einen Pilz hoch. Er hatte einen buckligen braunen Hut und einen weißen Stiel. »Was könnte das für einer sein?«

»Ein Rötelritterling vielleicht«, schlug ich vor.

»Aber er riecht nach Zimt«, sagte meine Mutter. »Vielleicht doch eher ein Trichterling. Wir schauen zu Hause im Buch nach.«

In diesem Moment fing es an zu regnen. Wobei regnen untertrieben war. Es schüttete aus Eimern.

»Komm!«, rief meine Mutter. »Schnell!« Sie nahm meine Hand und lief los. Ich lief mit. Ohne nachzudenken. Als wir auf dem Hauptweg angekommen waren, fiel mir Frau Schmitt-Gössenwein ein. Ich musste zurück! Musste sie holen. Aber meine Mutter zog mich weiter.

»Setz die Kapuze auf!«, schrie sie. »Du wirst ja klatschnass!«

Wir stürzten auf den Bahnhof, die S-Bahn fuhr gerade ein.

»So ein Glück!«, sagte meine Mutter und schob ihre Kapuze zurück. Auf ihrer Nase glänzten Regentropfen.

»So ein Glück«, wiederholte ich leise.

Ich war sie los. Ich war Frau Schmitt-Gössenwein los! Es war nicht meine Schuld, dass sie jetzt im Wald hockte. Sie hatte ja unbedingt mitgewollt. Sie hätte ja auch daheimbleiben können. Und ich hatte sie ja auch nicht mit Absicht allein zurückgelassen, ich hatte es nicht geplant oder so.

Es war keine Absicht!

Das sagte ich mir immer wieder vor, bis wir zu Hause ankamen.

Als wir die Haustür aufschlossen, kam uns der unvermeidliche Herr Hühnerkopf entgegen. »Hallo, Frau Vorndran, na, wie viele sind Ihnen in die Falle gegangen?« Er lachte anzüglich.

»Meinen Sie Pilze?«, fragte meine Mutter.

»Mäuse natürlich.«

»Nicht eine.«

Hühnerkopf kratzte sich am Kinn. »Und Sie sind sich ganz sicher, dass Sie eine Maus gesehen haben?«

»Natürlich, Herr Hühnerkopf, glauben Sie etwa, ich leide unter Halluzinationen?«, sagte meine Mutter etwas ungehalten. »Sie war grau und ungefähr so lang.« Sie zeigte mit den Fingern genau Schmittis Größe.

»Na, vielleicht hat die Maus sich mehr erschrocken als Sie und kommt nicht wieder. Mäuse sind sehr schreckhaft, müssen Sie wissen.«

»Ich weiß nicht, ob ich das beruhigend finden soll«, sagte meine Mutter und ging die Treppe hoch.

»Melden Sie sich, wenn wieder was ist!«, rief Hühnerkopf ihr hinterher. Und zu mir sagte er mit Verschwörermiene: »Frauen sind wie Mäuse, neugierig, aber feige. Ohne uns Männer wären sie glatt aufgeschmissen, nicht wahr?«

Ich murmelte irgendetwas und lief an ihm vorbei. Dieser Typ war einfach widerlich.

In meinem Zimmer warf ich mich aufs Bett und starrte an die Decke. Ich versuchte, nicht an Frau Schmitt-Gössenwein zu denken. Draußen klatschte der Regen an die Scheiben. Ob sie sich irgendwo untergestellt hatte? Was mochte sie jetzt denken, wo ihr längst klar sein musste, dass ich sie im Stich gelassen hatte? Ich bekam eine Gänsehaut. Ohne Hilfe kam sie aus dem Wald nicht heraus. Und selbst wenn sie den Weg wüsste, so würde es bei ihrer Größe Stunden, wenn nicht Tage dauern, bis sie wieder unter Menschen war. Und kam erst einmal die Dunkelheit, kamen auch Tiere. Füchse, Eulen. Für die wäre Schmitti bestimmt eine nette Abwechslung nach all den haarigen Mäusen und langweiligen Käfern.

Ich sprang auf. Einen kurzen Moment hatte ich mich erleichtert gefühlt bei dem Gedanken, dass ich sie ein für alle Mal los war, aber jetzt überfiel mich Panik bei der Vorstellung, was dieser winzigen Gestalt alles zustoßen konnte.

Im Flur riss ich meine Jacke vom Haken.

»Wo willst du denn hin bei dem Wetter?«, fragte meine Mutter. »Ich hab gerade Wasser für Tee aufgesetzt.«

»Muss schnell zu Papa. Hab was ganz Wichtiges bei ihm vergessen«, sagte ich und stürzte zur Tür hinaus.

»Nimm einen Schirm mit!«, rief sie mir hinterher.

Ich musste ewig auf die S-Bahn warten und wurde immer unruhiger. Ob ich Schmitti wohl wiederfand? Wenn sie versucht hatte, sich allein auf den Weg zu machen, war die Chance gering. Immerhin hatte der Regen etwas nachgelassen, als ich aus der Bahn stieg.

Den schmalen Pfad, der von dem Hauptweg abging, fand ich schnell. Ich erinnerte mich an den vom Blitz getroffenen

Baum, der wie ein schwarz verkohlter riesiger Arm aussah. Da waren auch die niedrigen Fichten. An welcher Stelle hatte ich mich durchgezwängt? Wäre ich bei den Pfadfindern gewesen, wüsste ich jetzt wahrscheinlich, wie man Spuren lesen musste. Abgebrochene Zweige. Zerdrückte Blätter. Ein Fetzchen Stoff. Aber ich sah nichts dergleichen. Die Fichten waren viel zu jung und elastisch, als dass Zweige hätten abbrechen können.

Aber dann entdeckte ich doch etwas. Vor mir in Augenhöhe hing ein Haar. Ein ziemlich langes Haar. Es hätte natürlich von sonst wem stammen können. Trotzdem kroch ich an dieser Stelle durchs Unterholz.

Da war die kleine Lichtung. Und da stand auch der Schirmpilz. Hatte Schmitti unter ihm Schutz gesucht? Nein, sie war nirgendwo zu sehen.

»Frau Schmitt-Gössenwein!«, rief ich. »Wo sind Sie?«

Zwischen den Wurzeln einer Eiche klaffte ein Loch. Es schien der Bau eines Tieres zu sein. Vielleicht hatte sie sich da verborgen. Ich kniete auf dem nassen Boden und streckte meine Hand aus. Ich zögerte kurz, dann griff ich mutig ins Dunkle.

»Frau Schmitt-Gössenwein?«

Meine Finger berührten etwas Weiches, Haariges. Ich zog es heraus und schrie auf.

Es war nur ein Büschel Fell, gelbbraun. Wahrscheinlich von einem Fuchs.

»Musst du hier so rumschreien?«

Ich blickte hoch. Frau Schmitt-Gössenwein saß auf einem Ast in ungefähr zwanzig Zentimeter Höhe und musste mich die ganze Zeit beobachtet haben. Über ihren Kopf hielt sie ein großes braunes Blatt. Kein Wunder, dass ich sie nicht gesehen hatte.

Einerseits war ich erleichtert, sie gefunden zu haben, andererseits bereute ich es schon fast wieder.

»Du hast dir ordentlich Zeit gelassen. Meinst du, es ist ein Vergnügen, hier im Regen zu hocken?«

War ich eine Stunde lang mit der Bahn gefahren und durch den nassen Wald gekrochen, um mir ihr Geschimpfe anzuhören?

Ich richtete mich auf und klopfte mir den Dreck von den Knien. »Ich hätte Sie ja auch hierlassen können.«

»Hättest du nicht.«

»Warum nicht?«, fragte ich etwas verblüfft.

»Darum. Ich wusste, dass du zurückkommst.«

Da hatte sie mehr gewusst als ich.

»Es ist aber nicht so, dass ich es toll finde, mit Ihnen zusammen zu sein. Ich wollte nur nicht, dass irgendwelche Tiere Sie fressen.«

»So schnell frisst mich keiner«, sagte sie. »Und jetzt möchte ich auf der Stelle ins Trockene.«

Ich nahm sie vorsichtig zwischen Daumen und Zeigefinger – sie fühlte sich wirklich etwas feucht an – und wollte sie in meine Jackentasche stecken, da sagte sie: »Ist da auch nicht wieder Müll drin?«

Mit der Linken zog ich einen alten Fahrschein, zwei Schnipsgummis und einen Kiesel, der glitzerte, wenn er feucht war, heraus und stopfte alles in meine Hosentasche.

»Absolut sauber«, sagte ich und versenkte sie in der Jackentasche.

In der S-Bahn war außer mir niemand im Wagen und so stellte ich Frau Schmitt-Gössenwein auf den Abfallbehälter unter dem Fenster. Sie schaute hinaus, ich schaute hinaus und beide hingen wir unseren Gedanken nach.

»Wieso wussten Sie, dass ich zurückkommen würde?«, fragte ich nach einer Weile. »Hatten Sie keine Angst?«

Sie drehte sich zu mir um. »Nein. Du bist einfach viel zu weich.«

Das klang nicht nach einem Kompliment.

Als ich in unsere Straße einbog, gingen gerade die Laternen an. Kaum hatte ich die Wohnungstür aufgeschlossen, stürzte meine Mutter mit einem Handtuch auf mich zu und rubbelte mir die Haare trocken.

»Warum hast du keinen Schirm genommen? Du kannst dir sonst was geholt haben!«

»Ach, Mama, ich bin doch nicht aus Zucker.«

Sie wollte mir die Jacke ausziehen. »Die kommt gleich in die Waschmaschine, da klebt ja lauter Dreck dran.«

»Nein!« Ich hielt die Jacke fest. Ich hatte Schmitti doch nicht gerettet, damit sie jetzt in der Waschmaschine mit tausend Umdrehungen herumgewirbelt würde. »Ich muss erst die Taschen ausleeren.«

Ich ging in mein Zimmer, zog Frau Schmitt-Gössenwein heraus und stellte sie auf den Boden.

»Ich würde gern ein heißes Bad nehmen«, sagte sie. »Vielleicht gibt es eine passende Wanne oder ein … Gefäß.«

In der Küche fand ich eine ovale Porzellanschale mit hohem Rand, die meine Eltern mal geschenkt bekommen hatten, um Erdnüsse oder Oliven hineinzutun, wenn Besuch da war. Aber Besuch hatte es schon ewig nicht mehr gegeben. Jetzt kam also Schmitti hinein. Ich füllte die Schale mit heißem Wasser und gab einen Spritzer Erkältungsbad dazu. Es roch gut nach Eukalyptus.

»Wo soll ich die Wanne hinstellen?«, fragte ich sie.

»Vor den Käfig«, sagte sie. »Und dann verlass bitte den Raum. Für mindestens eine halbe Stunde.«

Das tat ich nur zu gern.

Meine Mutter saß in ihrem Zimmer am PC, neben ihr auf einem Stück Zeitungspapier lag der merkwürdige Pilz, den wir am Vormittag gefunden hatten.

»Hast du herausgefunden, was es ist?«, fragte ich.

»Es könnte auch ein Schleimfuß sein. Der Hut ist ganz schmierig. Aber ich finde dieses blöde Pilzbuch nicht.« Meine Mutter stand auf, öffnete eine Kiste, wühlte darin herum, machte sie wieder zu, öffnete eine zweite. »Hilfe! Ich wusste nicht, dass ich so viele Bücher habe.«

»Wo sollen die denn noch alle hin?«, fragte ich. »Dein Regal ist doch schon voll.«

Meine Mutter zuckte mit den Schultern. »Wenn ich die Kartons wenigstens beschriftet hätte!«

»Du hattest es ja auch so eilig mit dem Ausziehen«, rutschte mir raus. Es war das erste Mal, dass ich etwas zu dem Thema sagte. Dabei wollte ich überhaupt nicht darüber sprechen.

»Es ging einfach nicht mehr«, sagte meine Mutter leise. »Ich weiß, dass das alles ganz schrecklich für dich war.«

»Von wegen war, es ist schrecklich.« Auch das hatte ich nicht sagen wollen.

Sie sah mich an, als nähme sie mich seit langer Zeit wieder richtig wahr. »Ich dachte, du fühlst dich wohl hier bei mir, und du kannst doch auch so oft zu deinem Vater, wie du willst.«

»Schon gut. Ich werde mich dran gewöhnen«, sagte ich und trat gegen einen Bücherstapel. Ein dickes Lexikon fiel herunter. »Seit wann kannst du Russisch?«

»Man weiß nie«, sagte meine Mutter und legte das Lexikon auf einen der anderen Stapel. »Guck doch noch mal hier in der Kiste nach, ich glaube, da habe ich alles drin, was irgendwie mit Naturwissenschaft zu tun hat.«

Den Pilzführer fand ich auch da nicht, aber etwas anderes. Einen dicken Wälzer mit schwarzem Einband. »Was ist Parapsychologie?«, fragte ich.

»Alles, was nicht mit normalem Verstand zu erklären ist, was sich wissenschaftlichen Begründungen entzieht. Zauberei, Geister, so was eben«, erklärte meine Mutter.

Das war doch genau das, was ich brauchte! Zum Teufel mit dem blöden Pilz. Ich setzte mich mit dem Buch in den alten Ohrensessel, der eigentlich meinem Vater gehörte, aber er war so abgewetzt und schäbig, dass er ihn auf den Müll werfen wollte, und da hat meine Mutter ihn mitgenommen. Ich schnupperte an dem rauen Bezug, er roch ganz schwach nach Tabak. Als ich klein war, hab ich den Sessel Pfeifensessel genannt. Beim Zeitunglesen saß mein Vater immer darin und rauchte. Seit er den Sessel nicht mehr hat, raucht er nicht mehr und liest die Zeitung in der Küche oder auf dem Klo.

Erwartungsvoll schlug ich das Inhaltsverzeichnis auf: *Psychokinese, Poltergeistphänomene, Präkognition* … ich verstand nur Bahnhof. Blätterte ein wenig darin herum und wollte das Buch enttäuscht wieder weglegen, da sah mich eine Katze an. Eine schwarze Katze. Unter dem Foto stand: *Manchmal nehmen Wiedergänger die Gestalt eines Tieres an. In dieser können sie magische Fähigkeiten entwickeln und diese bei Körperkontakt auch auf Normalsterbliche übertragen. Die abgebildete Katze soll am 7. 11. 1962 die 63-jährige Helma S. in Erkenschwick gekratzt haben, wonach diese dann die Fähigkeit des zweiten Gesichts entwickelte. So sah sie z. B. eine Masernepidemie voraus, was ihr jedoch nichts nützte, da sie ihr schließlich selbst zum Opfer fiel.*

Eine Katze … Irgendetwas klingelte bei mir. Natürlich! Die Katze am Kiosk! Die Katze mit den komischen blauen Augen. Die Abbildung im Buch war eine etwas undeutliche Schwarz-Weiß-Fotografie, sodass man nicht erkennen konnte, ob die Katze darauf ebenfalls blaue Augen hatte. Vielleicht war das auch nicht so wichtig. Wichtig war, dass ich sie berührt hatte. Ich hatte sie gestreichelt! »Bingo!«, rief ich, klappte das Buch zu und sprang aus dem Sessel.

»Hast du den Pilz gefunden?«, fragte meine Mutter.

»Nein. Schmeiß ihn lieber weg.«

Die halbe Stunde war längst rum. Ich stieß die Tür zu meinem Zimmer auf.

»Aua!«, ertönte es. Frau Schmitt-Gössenwein lag rücklings auf dem Boden. Sie musste direkt hinter der Tür gestanden haben.

Ich bückte mich. »Tut mir leid, ich … tut Ihnen was weh?«

»Das fragst du noch?« Sie rappelte sich hoch. »Du hättest mich erschlagen können.« Sie fasste sich an die Nase und kreischte: »Ich blute!«

Die Spitze ihrer spitzen Nase war wirklich rot. Ich nahm ein Tempo und riss kleine Fetzen davon ab.

»Entschuldigung, aber ich konnte ja nicht wissen … was haben Sie überhaupt an der Tür gemacht?«

Schmitti presste sich das Taschentuch vors Gesicht und murmelte irgendwas, das ich nicht verstand. Als ich mir die geschlossene Tür ansah, entdeckte ich etwas. In zehn Zentimeter Höhe war eine Einbuchtung im Türrahmen. Bestimmt hatte sie da gestanden und versucht zu lauschen. Wahrscheinlich hätte ich das an ihrer Stelle auch getan.

»Ist ja auch egal«, sagte ich schnell. »Ich weiß jetzt, was passiert ist. Es war eine Katze!«

»Was war eine Katze?«, nuschelte Schmitti hinter ihrem Tuch.

»Am Freitag habe ich in der großen ...« Ich unterbrach mich, schließlich musste ich meiner Lehrerin nicht auf die Nase binden, dass ich das Schulgelände verlassen hatte. »Also, da war eine Katze. Eine Katze mit so komischen blauen Augen. Die hab ich gestreichelt und dabei muss sie ihre magische Kraft auf mich übertragen haben. Für kurze Zeit zumindest.«

Schmitti betrachtete die roten Pünktchen in ihrem Taschentuch. »Ich brauche ein Pflaster.«

So ein winziges Pflaster gab's ja auf der ganzen Welt nicht. Ich schnitt mit einer Nagelschere ein kleines Stückchen Heftpflaster ab, aber es war immer noch zu groß und bedeckte ihre ganze Nase. Sie sah ziemlich komisch aus.

»Ich muss nur die Katze finden und dann kann ich Sie zurückzaubern.«

»Seit wann haben Katzen magische Fähigkeiten?«, fragte Frau Schmitt-Gössenwein.

»Ich hab das gerade in einem Buch gelesen. Manchmal stecken in den Körpern von Tieren die Seelen von Untoten.«

»Ich glaube nicht an diesen Hokuspokus«, sagte sie. »Außerdem hasse ich Katzen. Katzen sind hinterhältig.«

»Da haben wir die Erklärung. Vielleicht haben Sie diese Katze mal ... beleidigt und das war jetzt die Rache!«

»Ich pflege nicht herumzulaufen und Katzen zu beleidigen«, schnaubte Schmitti. »Da habe ich weiß Gott Besseres zu tun.« Sie befühlte ihre verpflasterte Nase. »Außerdem gehe ich Katzen gemeinhin aus dem Weg. Ich habe eine Katzenallergie.«

Ich hatte den Eindruck, dass sie außerdem noch allergisch gegen Kinder war. Aber was sie auch für Einwände haben mochte, ich war mir plötzlich ganz sicher: Die Katze war der Schlüssel zu allem. Ich musste sie nur finden!

Montag, 28. Oktober

An diesem Morgen war ich früh aufgestanden. Das tat ich in den Ferien sonst nie. Aber ich war so froh, endlich etwas unternehmen zu können, dass ich es im Bett nicht länger aushielt.

Ich setzte mich an meinen Schreibtisch und schrieb mit dickem Filzer auf ein Blatt Papier: *Schwarze Katze entlaufen. Zuletzt gesehen am Kiosk in der Wiesbadener Straße. Sie hat blaue Augen und hört auf den Namen …*

Den Namen wusste ich nicht. Also strich ich den Satz und fügte nur meine Adresse hinzu sowie: *Hohe Belohnung garantiert.* Woher ich das Geld für eine Belohnung nehmen sollte, war mir allerdings nicht klar. Das Taschengeld für Oktober hatte ich längst ausgegeben.

Meine Mutter war noch nicht aufgestanden, also setzte ich Wasser für Tee auf und schnitt Käse in Würfelchen. Ich zerteilte auch eine Weintraube und pulte die Kerne raus. Gestern Abend hatte Schmitti nur etwas von der Hühnerbrühe getrunken, die meine Mutter gekocht hatte. Sie brauchte bestimmt ein paar Vitamine. Was für ein Glück, dass sie mit dem Essen nicht anspruchsvoller war. Nicht auszudenken, wenn ich Herrn Ziege, unseren Französischlehrer, geschrumpft hätte! Der erzählte immer von seinen Feinschmeckerreisen und von irgendwelchen raffinierten Gerichten, unter denen sich keiner von uns etwas vorstellen konnte. Womöglich hätte er ein daumennagelgroßes Soufflé verlangt oder geschnetzelte Wachtelbrust in Weißwein.

Aber warum hätte ich Herrn Ziege verzaubern sollen, er war schließlich nett – im Gegensatz zu Schmitti.

»Was hast du vor?«, fragte sie barsch, als ich ihr das Frühstück brachte. Kein *Guten Morgen* oder *Hast du gut geschlafen?*.

»Ich werde nach der Katze suchen und möchte Sie bitten, im Käfig zu bleiben, solange ich weg bin.«

»Wenn du mich einschließt, bleibt mir ja wohl auch nichts anderes übrig«, sagte sie.

Es war sicher nicht sehr nett von mir, aber ich verschloss nicht nur das Türchen, ich legte auch das Tuch darüber. Meine Mutter durfte Frau Schmitt-Gössenwein auf keinen Fall entdecken!

Sie war inzwischen aufgestanden und sehr erstaunt, mich so früh auf den Beinen zu sehen, und sie stellte die gleiche Frage wie Schmitti. »Was hast du vor?«

Ich hielt das Blatt Papier hinter meinem Rücken versteckt. Wie sollte ich meiner Mutter erklären, dass ich eine Katze suchte, die über magische Fähigkeiten verfügte? Und was sollte ich sagen, wenn jemand die Katze fand und zu uns nach Hause brachte? Ach was, mir würde schon was einfallen, aber erst einmal musste ich Kopien machen und überall in der Nähe des Kiosks an Bäumen und Laternenpfählen anbringen.

»Ich will schnell rüber in den Copyshop ... hab vergessen ... ein Referat ... jetzt ist es da noch leer. Gibst du mir Geld?«

»Reichen fünf Euro?«

Ich kopierte meine Suchanzeige zwanzigmal, dann kaufte ich noch zwanzig Klarsichthüllen, denn es nieselte schon wieder, steckte die Kopien hinein und machte mich auf den Weg zur Schule.

Diesmal blieb ich nicht auf der Brücke stehen, diesmal hatte ich es eilig. Vielleicht fand ich die Katze ja auch ohne fremde Hilfe, dann brauchte ich sie nur noch einmal zu streicheln und schon könnte ich Frau Schmitt-Gössenwein zurückverwandeln. Vielleicht schaffte ich das, bevor meine Mutter unseren unfreiwilligen Gast entdeckte, vielleicht ... vielleicht auch nicht.

Als Erstes steuerte ich den Kiosk an. Ich hatte nur noch fünfzig Cent. »Zwei weiße Mäuse, bitte«, sagte ich zu dem Verkäufer.

»Und weiter?«, fragte der.

»Nichts.« Ich grinste. »Taschengeld ist alle.«

Der Verkäufer grinste zurück. »Ist ja bald der Erste.«

»Haben Sie hier kürzlich eine Katze gesehen? Eine schwarze Katze mit blauen Augen?«

»Nee.« Der Mann schüttelte den Kopf. »Ich krieg in meiner Bude nicht mit, was draußen passiert. Ist sie dir weggelaufen?«

»Ja, leider.« Ich versuchte, sehr traurig auszusehen. »Darf ich einen Zettel bei Ihnen am Kiosk aushängen?«

»Von mir aus«, sagte der Mann und wandte sich wieder seinem Fußballheft zu.

Ich holte eine Rolle Paketband aus meinem Rucksack und klebte den Steckbrief unter das Plakat einer Zeitung, das sich an den Rändern aufrollte und den etwas verblichenen Busen einer dümmlich lächelnden Blondine zeigte.

Den nächsten klebte ich an einen Laternenpfahl und wieder einen an eine Kastanie am Straßenrand.

»Wusste gar nicht, dass du 'ne Katze hast«, sagte da eine Stimme.

Ich fuhr herum.

Ella stand da mit einer ihrer unvermeidlichen Tüten in der Hand und knabberte trockene Nudeln.

»Hab ich auch nicht«, sagte ich. »Ich sollte auf die Katze unserer Nachbarin aufpassen und sie ist mir ausgebüxt.«

»Und du glaubst, dass sie so weit gelaufen ist?«

»Hä?«

»Na, du wohnst doch auf der anderen Seite der Brücke«, sagte Ella. »In der Isoldestraße.«

»Woher weißt du das?«

Ella wurde rot. »Hab ich auf der Klassenliste gelesen.«

Das war jetzt blöd. »Ach so ... ja, ich meine, nein, unsere Nachbarin wohnt hier in der Nähe. Das ist unsere alte Nachbarin, von da, wo wir früher gewohnt haben ... und die ist auch umgezogen ...«

Warum hatte ich nicht einfach behauptet, es sei meine Katze, die ich suchte? Diese ständige Lügerei machte mich noch ganz wirr im Kopf.

»Ich helfe dir«, sagte Ella entschieden und knüllte die Nudeltüte zusammen. »Du solltest vielleicht einen Zettel auf die Litfaßsäule kleben, da gucken viele Leute hin.«

Während ich herumlief und die Steckbriefe anbrachte, sah ich mich immer wieder um in der Hoffnung, die Katze irgendwo zu entdecken. Aber das einzige Tier, das nun um die Ecke schoss, war Boss. Er blieb vor mir stehen und bellte wütend. Erschrocken wich ich zurück.

»Ruhig, Boss! Sitz!«, rief Michalski. Als er näher kam, sah er mich lauernd an. »Dich kenn ich doch, du bist einer aus dem Kaiser-Wilhelm. Was machst'n da? Zettel ankleben is nämlich verboten.«

»Felix sucht seine Katze«, sagte Ella.

»Na, dann pass bloß auf, dass die Boss nicht zu nahe kommt, der hat Katzen nämlich zum Fressen gern.« Der Hausmeister lachte fies und nahm Boss an die Leine. Knurrend folgte der Hund seinem Herrchen.

»Wenn es einen Preis für den fiesesten und hässlichsten Hund der ganzen Stadt gäbe, würde dieser Köter ihn garantiert gewinnen«, sagte Ella. »Einfach widerlich!«

»Fertig«, sagte ich. Ich hatte den letzten Zettel an einen Briefkasten geklebt.

»Wie heißt sie überhaupt?«

»Wer?«

»Na, die Katze?«

»Sie hat keinen Namen«, sagte ich. »Unsere Nachbarin hat sie aus dem Tierheim, und die Leute, die sie im Tierheim abgegeben haben, hatten sie vor den Sommerferien an der Autobahn gefunden. Halb verhungert, auf so einem Rastplatz. Wahrscheinlich ist sie ausgesetzt worden.«

»Die Ärmste«, seufzte Ella. Ich hätte beinahe mitgeseufzt, so gerührt war ich von meiner eigenen Geschichte.

»Ich wohne da drüben«, sagte Ella und zeigte auf ein vierstöckiges Haus mit schmiedeeisernen Balkonen, dessen Fassade mit Wein bewachsen war. Im Nieselregen leuchteten die Blätter wie rot lackiert.

»Mein Vater ist Zahnarzt.«

Ich sah ein weißes Schild an der Tür, konnte aber nicht erkennen, was daraufstand. »Praktisch«, sagte ich nur.

»Von wegen praktisch. Meine Mutter arbeitet bei ihm als Sprechstundenhilfe. Meine Eltern haben nie Zeit.«

»Und meine haben sich getrennt«, sagte ich. Ella war die Erste, der ich das erzählte, ich wusste selbst nicht, warum.

»Scheißendreck«, sagte Ella.

»Wie bitte?«

»Wir hatten mal eine türkische Putzfrau in der Praxis, wenn die das Klo sauber gemacht hat, hat sie immer ›So ein Scheißendreck‹ gesagt. Ich finde, es klingt irgendwie netter als … na, du weißt schon.«

»Stimmt.«

Und dann standen wir da und wussten nicht, worüber wir reden sollten.

»Was machst'n du noch so in den Ferien?«, fragte mich Ella schließlich.

»Hängt davon ab, wann ich die Katze wiederbekomme.« Das war diesmal sogar die Wahrheit.

»Aha.«

Wieder Schweigen.

»Ich werd dann mal nach Hause gehen«, sagte ich. »Falls sich wer meldet.«

Ella sah etwas enttäuscht aus. »Rufst du mich an, wenn sie wieder aufgetaucht ist?«

»Kann ich machen.«

»Na, dann …«, sagte Ella, »… viel Glück.«

»Danke«, sagte ich, drehte mich um und ging. Plötzlich war ich sehr mutlos. Wahrscheinlich tauchte die Katze nie mehr auf. Wenn es so war, wie ich glaubte, und sie wirklich magische Kräfte besaß, würde sie sich bestimmt nicht einfach einfangen lassen. Und ich würde die Schmitt-Gössenwein nie mehr loswerden. In dem Fall hätte ich sie aber auch nicht länger als Mathematiklehrerin. Das war der einzige Trost. Was würde der Direktor machen, wenn sie am nächsten Montag nicht in der Schule erschien und an den folgenden Tagen auch nicht? Die Polizei benachrichtigen? Aber vielleicht hatte das ja schon längst jemand getan. Schließlich war sie seit Freitagmittag um halb zwei verschwunden, das waren fast drei Tage. Irgendjemand musste sie doch vermissen. Ein Herr Gössenwein vielleicht oder ein Herr Schmitt. Warum hatte ich Idiot das noch nicht früher bedacht?

Die Polizei hatte bestimmt in der Schule nachgeforscht und von Herrn Michalski erfahren, dass Schmitti in der letzten Stunde vor den Ferien in der 6 a Unterricht gehabt hatte und dass ich als Letzter in der Klasse gewesen war. Vielleicht hatte er vorhin ja deswegen so fies gegrinst. Wahrscheinlich war die Polizei längst bei uns zu Hause und stellte meiner Mutter unangenehme Fragen. Ich begann zu laufen, schneller und immer schneller.

Als kein Polizeiwagen vor unserm Haus stand, atmete ich erst mal erleichtert auf. Aber in so einem Fall kam sicher eine Zivilstreife.

Mit klopfendem Herzen schloss ich die Wohnungstür auf. Meine Mutter sprach mit jemandem! Lungerte etwa schon wieder dieser Hühnerkopf bei uns rum?

Nein, sie telefonierte.

»Das muss ein Irrtum sein … wenn ich Ihnen doch sage … wir haben gar keine Katze. Haben nie eine gehabt. Sie müssen sich verwählt haben!« Meine Mutter legte auf.

»Hallo, Felix. Da ruft einer an und sagt, er hätte unsere Katze gefunden.«

»Weißt du, wie er hieß?«

Sie schüttelte den Kopf. »Irgendwas mit P. Pätzold oder Peters, keine Ahnung.«

In diesem Augenblick klingelte das Telefon.

Ich riss meiner Mutter den Hörer weg.

»Pechstein hier«, ertönte es. »Hab ich jetzt die richtige Nummer?«

»Das weiß ich nicht, wen wollen Sie denn sprechen?«, fragte ich.

»Na den, der die Katze verloren hat. Weil, die hab ich nämlich.«

»Ist sie schwarz? Hat sie blaue Augen?«

»Also direkt schwarz is sie nich. Aber dunkel schon. Und was die für Augen hat, also, das könnt ich so nich sagen.«

»Dann schauen Sie doch bitte mal nach«, bat ich.

»Sie schläft grade, also, da will ich se nich aufwecken. Wie hoch is denn die Belohnung?«

»Eine Belohnung gibt es nur, wenn es auch die richtige Katze ist. Und die richtige Katze ist schwarz und hat blaue Augen!«

»Also, du kannst mich mal …« Der Mann legte auf.

Meine Mutter hatte zugehört. »Was ist das denn für eine Geschichte?«

Ich hatte keine Zeit gehabt, mir eine Erklärung auszudenken. Der Anruf hatte mich total überrumpelt.

»Die Ella … du weißt schon, die aus meiner Klasse …«, begann ich und musste schlucken. Ich hatte alles so satt, so schrecklich satt. »Die hat versprochen, auf die Katze ihrer Nachbarin aufzupassen, und …«

»Die Katze ist ihr entwischt und sie traut sich nicht, ihren Eltern was davon zu sagen, stimmt's?«

Ich nickte. Normalerweise nervt es mich total, wenn meine Mutter meine begonnenen Sätze zu Ende spricht, so als ob sie meine Gedanken lesen könnte. Aber jetzt war es mir nur recht.

»Und da hat sie unsere Telefonnummer angegeben«, fuhr sie fort. »Das ist ja auch okay, aber du hättest mir was sagen müssen.«

»Wollte ich ja auch, aber wir haben die Zettel doch gerade erst angeklebt. Dass sich da so schnell einer meldet …«

»Und dann noch der Falsche. Womöglich malt er seine Katze jetzt schwarz an.« Meine Mutter kicherte.

»Und setzt ihr blaue Kontaktlinsen ein«, sagte ich.

»Vielleicht lohnt es sich. Wie hoch ist denn die Belohnung?«

»Das ist es ja. Ella hat kein Geld. Und ich auch nicht«, fügte ich kleinlaut hinzu.

»Möchtest du einen Vorschuss auf dein Taschengeld?«, fragte meine Mutter. »Um deiner Freundin zu helfen? Freitag ist ja sowieso der Erste.«

Sie zog einen Zwanzigeuroschein aus dem Portemonnaie.

»Danke, Mama.«

»Ich muss gleich in die Bibliothek und ich möchte nicht, dass es in der Wohnung von Katzen nur so wimmelt, wenn ich zurückkomme. Obwohl …«, sie warf einen Blick auf die Mausefallen, die immer noch unberührt im Flur standen, »… eine Katze wäre vielleicht gar keine schlechte Idee.«

Aber so eine gute Idee schien es dann doch nicht zu sein, denn erst einmal passierte nichts. Niemand rief an, niemand stand mit einer Katze im Arm vor der Tür. Alles blieb ruhig.

Nur Schmitti nicht. »Ich habe jetzt genug von dem ganzen Theater! Heute ist bereits Montag, und du hast bisher nichts, aber auch gar nichts unternommen!« Natürlich war sie sauer, dass sie am helllichten Tag im dunklen Käfig hatte bleiben müssen. Nun saß sie auf meinem Schreibtisch auf der Blechdose, in der ich allerlei Krimskrams aufbewahre.

»Das stimmt nicht«, sagte ich. »Wir sind schon viel weiter. Ich weiß jetzt, wie es zu der Verzauberung gekommen ist, und wenn ich erst die schwarze Katze …«

»Abrakadabra, dreimal schwarzer Kater! Kindischer Blödsinn!« Schmitti schlug mit den Hacken an die Dose, dass es schepperte. »Ich hör mir das nicht länger an.«

»Möchten Sie vielleicht noch eine Runde mit dem Auto oder dem Ballon fahren? Im Keller ist auch noch meine alte Holzeisenbahn. Da könnten Sie reinpassen.«

»Ich will weder Auto fahren noch in deiner Eisenbahn hocken, ich will …« Sie zögerte einen Moment. »Ich will nach Hause!«

»Zu Ihrem … Mann?«, fragte ich vorsichtig.

Sie sah mich an. Ich saß auf meinem Schreibtischstuhl und mein Gesicht war fast in gleicher Höhe mit dem ihren. Es sah aus, als ob sie die Nase rümpfte, das Pflaster schlug jedenfalls Falten. »Ich habe keinen Mann«, sagte sie. »Und ich habe auch keine Kinder.«

Einen Mann hätte ich ihr zugetraut, aber dass Frau Schmitt-Gössenwein Kinder haben könnte, auf die Idee wäre ich bestimmt nicht gekommen.

»Und was wollen Sie dann zu Hause?«

»Was werde ich da wohl wollen? Dumme Frage. Ich will nach Hause, ist das so schwer zu verstehen?«

»Nein, aber … ich meine, was wollen Sie da in Ihrem …« Ich suchte ein möglichst höfliches Wort. »In Ihrem Zustand?«

»Vergiss nicht, dass du es warst, der mich in diesen Zustand, wie du so schön sagst, versetzt hat!«, schnaubte sie.

Ich sprang vom Stuhl auf. Mir reichte es jetzt.

»Sie sind doch an allem schuld!«, schrie ich. »Sie haben mir die Sechs gegeben, was total ungerecht war, und Sie haben mich angebrüllt und am Arm gepackt. Hier! Sehen Sie!«

Ich rollte meinen Ärmel hoch. Es war eine bläuliche Verfärbung zu erkennen. Zwar nicht sehr groß, aber eindeutig ein blauer Fleck.

»Wenn ich das dem Direktor erzähle, dann fliege nicht ich von der Schule, sondern Sie! Man darf Schüler nämlich nicht anfassen!«

»Man darf Schüler nämlich nicht anfassen«, äffte sie mich nach. »Du sprichst schon wie dieser Trottel Michalski.«

Jetzt musste ich grinsen. Wenigstens in einem Punkt waren wir einer Meinung.

»Ich habe mich vielleicht nicht ganz korrekt verhalten, mag sein«, gab sie zu. »Aber du hast mich verwünscht. Das ist ja wohl offensichtlich.« Sie hüpfte von der Blechdose, wuchtete einen Radiergummi hoch und ließ ihn wieder fallen. »Es sei denn, die Welt um mich herum ist plötzlich größer geworden.«

»Ist sie nicht«, gab ich zu.

»Bring mich bitte nach Hause«, sagte sie ungewohnt freundlich. »Ich möchte einfach in eine vertraute Umgebung.«

»Aber wie kommen wir in Ihre Wohnung? Ihr Schlüssel ist bestimmt auch geschrumpft«, gab ich zu bedenken.

»Freitags kommt immer meine Putzfrau, sie bekommt von mir einen Wohnungsschlüssel, und wenn sie geht, schließt sie ab und legt ihn unter die Fußmatte. Da müsste er noch sein.«

Ich überlegte. »Aber ich kann jetzt nicht weg. Wenn sich nun jemand wegen der Katze meldet …«

»Vergiss die Katze. Es geht auch ganz schnell. Du bringst mich zu meinem Haus, schließt die Tür auf und das war's.«

Ein sehr verlockender Gedanke.

»Wo wohnen Sie denn?«

Frau Schmitt-Gössenwein nannte die Adresse. Ich kannte die Straße nicht. Auch nicht den Bezirk.

»Wie komme ich dahin?«

»Mit dem Auto fährt man auf den Stadtring und dann …« Frau Schmitt-Gössenwein brach ab. »Mein Auto steht noch vor der Schule.«

»Ich kann nicht Auto fahren«, sagte ich.

»Das hab ich auch nicht erwartet«, sagte Schmitti und kletterte ziemlich behände von Schubladengriff zu Schubladengriff am Schreibtisch hinunter.

Ich zog meine Jacke an, steckte Schmitti in die Tasche, was schon eine fast vertraute Geste war, und verließ das Haus.

In der U-Bahn hätte es beinah eine Katastrophe gegeben. Eine alte Dame setzte sich neben mich und stellte ihre abgewetzte Handtasche zwischen uns. Plötzlich kreischte sie auf: »Nimm deine Finger weg! Da gibt's nichts zu klauen!« Sie riss die Handtasche hoch und presste sie an sich.

»Aber ich habe überhaupt nicht …«, begann ich. Die anderen Leute starrten mich an, und ich spürte, wie ich rot anlief.

»Ich hab genau gefühlt, wie du mit deinen Fingern an meiner Tasche rumgegrabbelt hast. Ganz genau gefühlt!« Die alte Dame sah sich Beifall heischend in der Runde um. »Fangen schon früh an, diese Burschen!«

Frau Schmitt-Gössenwein, natürlich! Jetzt verhielt sie sich ganz still. Aber schließlich konnte ich sie schlecht als Beweis für meine Unschuld aus der Tasche ziehen. Stattdessen griff ich hinein und sagte: »Ruhig, Schmitti, ganz ruhig, dir passiert nichts.« Und zu der alten Dame: »Schmitti ist meine Ratte. Sie fährt nicht gern U-Bahn. Möchten Sie sie sehen?«

Nun konnte jeder in der U-Bahn erkennen, dass sich etwas in meiner Tasche bewegte.

»Hilfe! Nein!«, kreischte die Alte und sprang erstaunlich gelenkig von ihrem Sitz. »Ratten sollten in der U-Bahn verboten werden!« Ein junger Mann mit gepiercter Oberlippe, der mir gegenübersaß, guckte neugierig. »Zeig mal her!«

»Ich muss aussteigen«, sagte ich schnell. Glücklicherweise hielt die Bahn gerade.

»Sie müssen sich ruhig verhalten, sonst gibt's Ärger«, flüsterte ich der Jackentasche zu.

»Mir wird beim U-Bahn-Fahren immer schlecht«, kam es leise zurück.

»Dann laufen wir eben«, sagte ich.

Der Nieselregen vom Vormittag hatte sich in einen richtig schönen Dauerregen verwandelt. Und als ich endlich vor dem Mietshaus stand, in dem Frau Schmitt-Gössenwein wohnte, war ich völlig durchnässt. Nun schon zum zweiten Mal in zwei Tagen.

»Wie komme ich denn jetzt rein?«, fragte ich.

»Klingele halt irgendwo und sag ›Werbung‹, dann macht schon jemand auf«, ertönte es aus der Tasche.

Der Erste, bei dem ich klingelte, brüllte in die Sprechanlage: »Nimm deinen Scheiß wieder mit!« Erst beim vierten Namen ging der Summer.

»Dritter Stock«, sagte Frau Schmitt-Gössenwein.

An der Tür hing ein Messingschild, auf dem in schnörkeligen Buchstaben Dr. A. Schmitt-Gössenwein stand.

Sie hatte einen Doktortitel, Donnerwetter. Ich würde sie in Gedanken Doktor Schmitti nennen müssen. Wie hieß sie wohl mit Vornamen? Adelheid? Agathe? Ich unterdrückte ein Kichern und hob die Fußmatte ein Stück hoch. Richtig, da lag ein Schlüssel. Ein ziemlich großer, altmodischer Schlüssel mit Bart. Ich hatte erst etwas Mühe mit dem Schloss, aber dann schnappte die Tür auf.

Dunkelheit umfing mich.

»Der Lichtschalter ist rechts«, sagte Schmitti.

Doch als ich das Licht angemacht hatte, wurde es nicht viel heller. In dem Messingleuchter, der im Flur hing, war die Hälfte der Birnen kaputt. Es roch nach Putzmitteln und trotzdem muffig.

»Und nun?«, fragte ich.

»Setz mich ab«, erwiderte Frau Schmitt-Gössenwein.

Ich stellte sie mitten auf dem Flur ab wie eine Playmobilfigur. Sie machte ein paar Schritte und fiel hin, sie hatte sich in einem losen Faden im abgetretenen Läufer verfangen. Als ich ihr aufhelfen wollte, schnaubte sie: »Ich kann das schon!«

Sie ging zur Türschwelle und blieb stehen. Allein kam sie da nie drüber.

»Soll ich nicht vielleicht doch?«, fragte ich, wartete keine Antwort ab, sondern hob sie über die Schwelle. In dieses Zimmer fiel Tageslicht, aber dennoch wirkte es düster. Derart riesige Möbel hatte ich noch nie gesehen. Die eine Wand nahm ein wuchtiges Büfett mit gedrechselten Säulen ein. In der Mitte des Zimmers stand ein Tisch, an dem mindestens zehn Personen bequem Platz hatten, umgeben von hochlehnigen Stühlen mit grünem Polster. Alle Möbel waren dunkelbraun.

Angesichts dieser Monstermöbel fühlte sogar ich mich winzig klein. Wie mochte sich erst Schmitti fühlen?

Sie stand an ein Stuhlbein gelehnt und starrte nach oben.

»Bring mich ins Schlafzimmer«, sagte sie so leise, dass ich sie kaum verstand. »Zweite Tür rechts.«

Auch hier schien alles wie für Riesen gemacht. Das Bett war nicht nur hoch, obendrauf erhob sich wie ein Grabhügel eine braune Steppdecke. Es sah aus, als läge jemand darunter.

»Möchten Sie aufs Bett?«, fragte ich.

»Blödsinn, da komme ich doch nie wieder runter!«, schnaubte Schmitti in meiner Hand.

Wahrscheinlich wäre das Gegenteil der Fall gewesen. Die Decke war so glatt und schlüpfrig, dass sie dort oben hätte Ski laufen können. Ich stellte sie stattdessen auf den Nachttisch. Die Marmorplatte sah aus wie gefrorene Milch.

Ich hörte einen Seufzer. »Ich hätte mir schon längst neue Möbel anschaffen sollen.«

»Sie sehen ziemlich alt aus«, sagte ich vorsichtig.

»Sie stammen von meinem Großvater. Ihm hat die Wohnung gehört. Er war Oberstudienrat für Mathematik. Ich bin hier aufgewachsen.«

Ich wartete darauf, dass sie weitersprach. Aber sie stand nur da, sah sich um und schüttelte den Kopf.

»Ich fühle mich wie damals als Kind, da dachte ich auch immer, ich sei ein Zwerg in einer Wohung von Riesen, von menschenfressenden Riesen.«

Ich hielt den Atem an. Es war das erste Mal, dass sie etwas Privates von sich preisgab. Dadurch ermutigt, fragte ich: »Warum wollten Sie denn dann hierher?«

»Es ist mein Zuhause und ich dachte …«

»Was dachten Sie?«

»Bring mich zurück!«, sagte sie statt einer Antwort.

»Zurück? Wohin denn zurück?«

»Zu dir natürlich.«

Es dämmerte bereits, als ich mit Schmitti in der Tasche wieder zu Hause ankam. Der Anrufbeantworter blinkte.

»Alles Anrufe wegen der schwarzen Katze«, sagte meine Mutter.

Ich ging in mein Zimmer, zog Frau Schmitt-Gössenwein aus der Jackentasche und stellte sie vor dem Hamsterkäfig auf den Boden.

Sie schwankte leicht und hielt sich an den Gitterstäben fest. »Ich hätte gern eine Tasse Tee«, sagte sie. »Bitte.«

Während ich den Wasserkocher anstellte, hörte ich den Anrufbeantworter ab.

Zuerst eine weibliche Stimme: »Hallo? Also, hier ist ... na ja, ist ja egal, wenn eh niemand da ist ... ähem ... ich glaub, ich hab sie gefunden, also die Katze ... ich hab sie gestern gesehen, auf dem Markt ... ich denke, sie war's, also ...« Piep, piep, piep machte der Anrufbeantworter, dann kam die nächste Nachricht: »Kuballa hier, Sie können die Katze abholen. Heute von achtzehn bis neunzehn Uhr. Hackerstraße 11. Und die Belohnung nicht vergessen. Ich nehme nur Bargeld, keinen Scheck.« Dann folgte Stille, der nächste Anrufer hatte nichts aufs Band gesprochen, danach war eine Stimme zu hören, die ich kannte: »Hi, hier ist Ella. Na, gibt's was Neues? Melde dich doch mal. Tschau.«

Die erste Anruferin konnte ich getrost vergessen, wenn die gestern irgendeine Katze auf dem Markt gesehen hatte, brachte mich das nicht einen Schritt weiter. Blieb dieser

Herr Kuballa mit der schnarrenden Stimme. Es war zwar schon nach sieben, aber vielleicht hatte ich ja Glück. Ich goss schnell einen Beutel Salbeitee mit heißem Wasser auf, dann suchte ich im Telefonbuch die Nummer von diesem Kuballa.

»Kuballa hier, was gibt's?«

»Hier spricht Felix Vorndran. Es geht um die Katze, hat sie wirklich blaue Augen?«

»Die Katze hat alles, was sie braucht, Augen, Schwanz, vier Pfoten.«

»Ist sie schwarz?«

»Wie meine Seele, haha, kleiner Scherz.«

»Wo haben Sie sie denn gefunden?«

»Ich hab sie gar nicht gefunden, sondern mein Sohn. Wiesbadener Ecke Mainzer Straße.«

Das passte genau. Ich fühlte, wie mein Herz schneller schlug.

»Kann ich sie sehen? Gleich?«

»Nein, ich muss weg. Schichtdienst. Morgen Vormittag um elf. Aber pünktlich.«

»Ja, natürlich … hallo?«

Die Leitung war tot. Der Mann hatte aufgelegt.

»Ist sie das?«, fragte meine Mutter.

»Ich glaube ja.«

»Da wird sich Ella aber freuen.«

»Ella, wieso?«, fragte ich dumm.

»Ich dachte, ihr wäre die Katze entwischt.«

»Ja, natürlich, die freut sich bestimmt.«

Meine Mutter vertiefte sich wieder in ihre Zeitung und ich wollte mit dem Salbeitee unauffällig in meinem Zimmer verschwinden, doch meine Mutter bemerkte es natürlich und fragte: »Immer noch Halsschmerzen?«

»Ein bisschen. Der Tee hat schon geholfen.«

»Lass mal sehen.«

»Ist schon gut, Mama, wirklich. Du hast doch neulich schon geguckt.« Aber meine Mutter bestand darauf, dass ich im Badezimmer meinen Kopf zum Licht drehte und »Ah« machte.

»Ich seh nichts.«

»Sag ich doch. Salbeitee ist wirklich gut.«

Sie sah mich an, als wollte sie noch etwas sagen, ließ es aber.

Ich nahm einen Schluck und gurgelte geräuschvoll. Igitt, das schmeckte ja abartig. Dann brachte ich den Rest in mein Zimmer.

Schmitti stand auf meinem Schreibtisch und schaute aus dem Fenster.

»Der Tee«, sagte ich. Sie schien mich nicht zu hören.

»Wie riesig sie ist«, murmelte sie. »Ich könnte auf ihr davonfliegen. Weit, weit fort …«

Erst verstand ich nicht, was sie meinte, aber dann sah ich die Taube auf dem Baum im Hof. Sie hielt einen Flügel abgespreizt und zupfte an ihrem Gefieder rum.

»Sie meinen wie Nils Holgersson?«

Sie drehte sich zu mir um. »Du wärst bestimmt froh, mich endlich los zu sein.«

Und wie! Ich hätte alles dafür gegeben, wenn sie endlich verschwände, aber das konnte ich schlecht sagen. Ich musste das auch nicht, denn sie sagte: »Ich schätze deine Gesellschaft auch nicht besonders. Mit Kindern konnte ich noch nie viel anfangen.«

»Warum sind Sie dann Lehrerin geworden?«, fragte ich erstaunt.

»Es hat sich so ergeben«, sagte sie knapp. »Und jetzt möchte ich meinen Tee, bevor er kalt wird.«

Ich füllte ihr etwas in den Fingerhut ab und natürlich hatte sie wieder etwas zu meckern. »Der hat ja viel zu lange gezogen. Schmeckt richtig bitter!«

»Ich habe gute Nachrichten«, sagte ich schnell. »Es hat einer angerufen, der die Katze gefunden hat. Morgen Vormittag hole ich sie ab und dann –«

»Dann wird alles gut? Glaubst du das wirklich?« Schmitti hielt den Fingerhut in beiden Händen. Von dem dampfenden Tee beschlugen ihre Brillengläser. Damit und mit dem Pflaster auf der Nase sah sie so lächerlich aus, dass sie mir richtig leidtat. Ein neues Gefühl. Es gefiel mir nicht.

»Natürlich wird alles gut, ganz bestimmt!« Und in diesem Moment glaubte ich das sogar.

Dienstag, 29. Oktober

Am Dienstagmorgen schien zur Abwechslung die Sonne. Und das gute Wetter färbte auf mich ab. Ich war ganz sicher, dass heute etwas Entscheidendes passieren würde. Vielleicht war ich Schmitti ja bereits in wenigen Stunden los und dann könnten endlich die Ferien beginnen. Vier Tage hatte ich schon verloren.

Schmitti war wieder am Bücherregal hochgeklettert und saß auf dem Ziehbrunnen im Hof meiner Ritterburg.

»Ich möchte hier frühstücken«, sagte sie.

Ich machte ihr Frühstück, inzwischen war das schon fast Routine, und zog mich an.

Ella! Ich hatte sie am Abend zuvor nicht mehr angerufen. Das holte ich jetzt nach.

»Hast du Lust, mitzukommen? Die Katze ist wahrscheinlich in der Hackerstraße.«

»In einer halben Stunde am Kiosk«, sagte Ella nur. Kein »Ich weiß noch nicht, ich ruf dich später an«, kein »Ach nö, jetzt passt's mir grad nicht« – Ella war wirklich anders als andere Mädchen.

Natürlich wollte Schmitti, dass ich sie mitnahm.

»Ich will doch bei dem schönen Wetter nicht in der Bude hocken«, sagte sie.

Bude war gut. Mein Zimmer musste ihr wie ein Palast vorkommen, ach was, wie eine ganze Stadt!

»Ich kann Sie nicht mitnehmen, Schmi … Frau Schmitt-Gössenwein. Oder wollen Sie, dass Ella Sie entdeckt? Sie wissen schon, Ella Weiß aus meiner Klasse. Es wird nicht lange dauern. Bleiben Sie einfach solange im Hamsterkäfig.«

»Nein«, sagte sie.

»Ich schließe auch nicht ab.«

»Im Käfig stinkt's«, sagte sie. »Nach Hamster.«

Mir fiel ein, dass ich gar nicht wusste, wo sie … na ja, was sie machte, wenn sie mal musste. Wahrscheinlich verscharrte sie es irgendwo in den Sägespänen. Hannibal hatte auch immer so eine Ecke gehabt. Hätte ich ihr einen Nachttopf hinstellen sollen? Dann hätte ich ihn auch ausleeren müssen. Oh nein! Doch wozu sich darüber den Kopf zerbrechen. Bald war ich sie eh los.

»Nur noch ein, zwei Stunden, Frau Schmitt-Gössenwein, bitte!«

Ella stand schon am Kiosk und wartete auf mich. »Ganz schön kalt heute«, sagte sie und hauchte in die Hände.

Es war wirklich kalt, ich hatte es vor Aufregung gar nicht bemerkt. Die Luft roch schon nach Winter. Auf dem Dach des Kiosks lag noch ein wenig Raureif.

Wir mussten nicht weit laufen. Die Hackerstraße war gleich um die Ecke.

»Hast du die Belohnung dabei?«, fragte Ella. Ich zeigte ihr die zwanzig Euro.

»Hoffentlich reicht das«, sagte sie.

»Hast du die Belohnung dabei?«, fragte mich auch der Mann, der uns in der Hackerstraße 11 die Tür öffnete. »Die Katze ist da drin!« Er zeigte auf eine Tür. Ein Schild klebte daran, auf dem in Krakelschrift stand: *Hier wone ich. Biete anklopfen.* Ich bezweifelte, dass sich der rotgesichtige Kerl jemals daran gehalten hatte. Und auch jetzt riss er die Tür einfach auf. Ein kleiner Junge erschien. Er hatte ein blasses Gesicht mit Sommersprossen und sah aus, als hätte er geweint.

In diesem Moment klingelte das Telefon und der Mann verschwand im Flur.

»Kommt rein«, sagte der Junge und schloss die Tür. »Sie schläft.« Er ging zu seinem Bett. Da lag zusammengeringelt eine schwarze Katze. Der Junge streichelte sie. Sie schnurrte.

»Es ist bestimmt nicht eure Katze.« Er sah mich trotzig an.

»Ich muss ihre Augen sehen«, sagte ich.

»Mach mal die Augen auf, Mohrle.«

»Mohrle«, kicherte Ella neben mir.

Die Katze gähnte, dann öffnete sie die Augen. Die Augen waren gelb mit schwarzen Pünktchen.

»Sie ist es nicht«, sagte ich enttäuscht.

»Hab ich doch gesagt.«

»Aber warum hat dein Vater bei mir angerufen?«

Der Junge sah unruhig zur Tür. Sein Vater telefonierte noch. Man konnte seine dröhnende Stimme durch die geschlossene Tür hören.

»Ich wollte so gern eine Katze haben. Mein Vater hat es nicht erlaubt. Und da hab ich mir eine aus dem Tierheim geholt und –«

»Brauchtest du da nicht eine Unterschrift deiner Eltern?«

Der Junge wurde rot. »Hab ich gefälscht, und meinem Vater hab ich erzählt, ich hätte die Katze auf der Straße gefunden.« Er seufzte. »Leider haben dann überall deine Zettel gehangen und mein Vater hat sie gelesen.«

»Und jetzt?«, fragte Ella.

»Vielleicht darf ich sie ja doch behalten.«

Ich war da sehr im Zweifel.

Die Tür wurde aufgerissen. »Na, was ist? Soll ich sie euch einpacken?« Kuballa lachte schallend.

»Sie ist es nicht«, sagte ich.

»Wieso?«

»Weil sie es nicht ist. Sie hat keine blauen Augen.«

»Verdammt«, sagte der Mann. »Was mach ich denn jetzt mit dem Vieh?«

»Können wir sie nicht behalten, Vati?«, flehte der kleine Junge.

»Natürlich nicht! Katzen sind widerlich!«

Die Katze spitzte die Ohren, sprang vom Bett und ging auf den Mann zu. Sie umrundete ihn, presste ihren Kopf an sein Bein und schnurrte wie eine frisch geölte Nähmaschine.

»Was soll das denn?«, fragte Kuballa verwirrt.

»Sie mag dich, Vati«, sagte der Junge und strahlte.

»Mich? Wieso?«

Das fragte ich mich allerdings auch. Kuballa beugte sich hinunter und berührte die Katze vorsichtig mit einem Finger, dann strich er ihr unbeholfen über den Kopf. Sie schnurrte noch lauter.

Ich gab Ella ein Zeichen und wir verließen die Wohnung.

»Glaubst du, der Kleine darf die Katze behalten?«, fragte ich Ella auf der Treppe.

»Bestimmt. Katzen sind ja so was von schlau. Hast du gesehen, wie sie diesen ekelhaften Kerl beschmust hat?«

»Seltsam.«

»Gar nicht seltsam. Sie wollte nicht wieder ins Tierheim. Kann man doch verstehen.«

Wir gingen zurück zum Kiosk. »Was möchtest du?«, fragte ich großzügig. Schließlich hatte ich ja meine zwanzig Euro noch nicht ausgegeben. Und so, wie es aussah, würde sich wahrscheinlich auch niemand mehr melden.

»Ich mach mir nichts aus Süßem«, sagte Ella.

»Isst du immer nur dieses Nudelzeugs?«, fragte ich.

»Nein, auch andere Sachen, aber sie müssen salzig sein. Und scharf.«

Ich steckte den Geldschein wieder ein. Dann standen wir da und wussten wieder nicht, was wir sagen sollten. An der Kioskwand klebte noch die Klarsichthülle, in der meine Suchanzeige gesteckt hatte. Die war nicht mehr da. Und auch an der Kastanie auf der anderen Straßenseite fehlte mein Steckbrief.

»Sie sind alle weg«, sagte ich.

Ella wusste sofort, was ich meinte. »Die hat bestimmt dieser Kuballa abgerissen, damit ihm keiner zuvorkommt. Der wollte dir die Katze auf jeden Fall unterjubeln.«

Sie sah mich an. »Du, vielleicht hätte eure Nachbarin ja auch nicht gemerkt, dass es nicht ihre Katze ist.«

»Und die blauen Augen?«

»Stimmt, das ist wirklich außergewöhnlich.«

Sie rieb sich den Knubbel an ihrer Nase. »Was machst'n heute noch so?«

Am liebsten hätte ich gesagt: »Gar nichts, ich habe Zeit ohne Ende.« Aber das konnte ich nicht. Ich musste diese verfluchte Katze finden. Wie sollte ich Schmitti sonst unter die Augen treten? Unter die Augen treten! Großartiger Vergleich. Zum Brüllen. Und dann bekam ich das, was eigentlich nur Mädchen bekommen: einen Lachkrampf, der glücklicherweise gleich in einen Hustenanfall überging. Nur Mädchen können stundenlang lachen, ohne dabei zu ersticken.

Ella schlug mir auf den Rücken. »Und was, bitte, ist jetzt so komisch?«

Ich wischte mir über die Augen und öffnete den Mund. »Schmitti«, rutschte mir raus, und ehe ich noch mehr verriet, machte ich den Mund schnell wieder zu.

Ella sah mich an, als sei ich verrückt geworden. »Was ist denn an der lustig?«

»Ach, ich musste nur gerade an ihre Nase denken, die sieht einfach zum Brüllen aus, diese Nase –« Ich brach ab. Ella sah mich böse an. Bestimmt glaubte sie, ich hätte über ihre Nase gelacht und mir nur schnell eine Ausrede ausgedacht.

»Ich muss nach Hause.« Sie drehte sich um und ging.

»Warte doch!« Ich lief ihr hinterher.

Sie ging mit schnellen Schritten am Schultor vorbei. Mitten im Hof saß Boss und glotzte. Als ich das Tor erreicht hatte, schoss er plötzlich auf mich zu und sprang laut bellend an den Gitterstäben hoch.

Ich streckte ihm die Zunge raus, was ihn noch wütender machte. Da erschien Michalski mit einem Besen, den er wie ein Gewehr geschultert trug.

»Müsst ihr den Hund so reizen? Könnt ihr ihn nicht in Ruhe lassen?«, schimpfte er. »Boss hat nämlich auch Ferien.«

»Und wir haben nämlich gar nichts gemacht«, sagte Ella, die stehen geblieben war. »Sind hier nur vorbeigegangen. Zufällig wohne ich hier.«

Michalski trat an den Zaun. »Bist du nicht die kleine

Weiß?« Er riss seinen Mund auf und tippte mit dem Finger an einen Backenzahn. »Hat mir dein Vater gestern gefüllt. Ohne Betäubung!«

Erwartete er Bewunderung von uns? Ella ging einfach weiter. Ich trabte neben ihr her.

»Du musst mich nicht nach Hause bringen!«, fauchte sie.

»Na gut, dann … tschüs.«

Ich drehte mich um. Sie schien wirklich sauer auf mich zu sein. Warum hatte ich ihr nicht einfach die Wahrheit erzählt? Es hätte so verdammt gutgetan, mit jemandem darüber zu sprechen, mit jemandem, der kein Erwachsener war. Ella hätte bestimmt verstanden, wie grauenvoll es war, ausgerechnet Frau Schmitt-Gössenwein am Hals zu haben. Mit Frau Frisch, unserer Kunstlehrerin, wäre es vielleicht sogar ganz lustig geworden. Ich hätte ihr die dünnen Minen aus meinem Drehbleistift gegeben und sie hätte winzig kleine Zeichnungen gemacht. Sie konnte toll zeichnen. Wenn sie ganz besonders gut gelaunt war, suchte sie sich jemanden aus, der ihr dann Modell sitzen musste.

Ich dachte an die letzte Kunststunde. Als sie mein Selbstporträt gesehen hatte, hatte sie gelacht. »Bravo, Felix! Magritte hätte seine Freude an dir gehabt.«

Magritte war der Maler von dem Kopf mit Hut und Apfel. Und jetzt fiel mir mein Vater ein! Ich hätte ihn längst anrufen sollen. Bestimmt wartete er darauf, dass ich ihn wieder besuchte. Plötzlich überfiel mich Sehnsucht nach Nummer zwei. Alles dort war klar und irgendwie real. Da gab es keinen Hamsterkäfig, in dem ein Wesen aus einer anderen Welt herumwuselte, das mich ununterbrochen auf Trab hielt. Am liebsten wäre ich sofort zu ihm gefahren. Aber das war unmöglich. Ob ich nun wollte oder nicht, ich war verantwortlich für meine Mathematiklehrerin. Ich musste ihr sagen, dass es mit der Entzauberung wieder nicht klappen würde. Davor hatte ich Angst.

Diese Angst wurde noch größer, als ich in unsere Straße einbog und den Lieferwagen sah, der direkt vor unserem Haus hielt. Er war schwarz wie ein Leichenwagen. Auf den Türen stand in blutroter Schrift: *Ratkill – Schädlingsbekämpfung en gros und en détail.*

Mir wurde eiskalt, und meine Hand zitterte so, dass ich kaum den Schlüssel ins Schloss bekam. Ich rannte die Treppen hoch und stürzte in die Wohnung.

Im Flur stand meine Mutter mit einem Mann. Einem Männchen eher. Ein bleicher Zwerg mit geröteten wimpernlosen Augen. Sein Hals war so dünn und faltig, dass er aussah wie verdorrt. Wenn ich eine Ratte wäre, würde ich allein bei seinem Anblick tot umfallen. Er trug einen viel zu großen schwarzen Overall mit dem gleichen roten Schriftzug über der Brust wie auf seinem Wagen – *Ratkill.*

»Nix mache Sorgen, eine Tag und nix mehr rieche«, sagte er.

»Es geht um dein Zimmer«, sagte meine Mutter zu mir. »Anscheinend kommen die Mäuse von dort. Herr –«

»Radovan Radovic, habe Ehre.« Er grinste und deutete eine Verbeugung an.

»Ja, also, er hat festgestellt, dass unter deinem Bett ein Loch in der Scheuerleiste ist. Da kommen sie raus.«

»Aber das kann man doch zumachen«, sagte ich erleichtert. Sie schienen Schmitti noch nicht entdeckt zu haben.

Das Männchen schüttelte energisch den Kopf. »Sag ich immer, wo sein Maus, da sein Weg! Hilft nix mache zu, müsse nehme Gas.«

»Und warum kein Gift?«, fragte ich. Wenn er irgendwo Gift auslegte, konnte ich Schmitti warnen.

Wieder schüttelte er den Kopf so heftig, dass ich befürchtete, er würde sich von dem schrumpeligen Hals lösen und durch die Luft fliegen.

»Wolle habe all die Mauseleich in Wohnung?«, fragte er und gab sich gleich selbst die Antwort: »Nein, wolle nicht.«

»Er nimmt Kohlenmonoxid«, erklärte meine Mutter.

Das Männchen zeigte auf eine Art Staubsauger, an dessen Schlauch eine Düse befestigt war.

»Du müsstest diese Nacht bei deinem Vater schlafen«, sagte meine Mutter, »nur zur Sicherheit.«

»Darf ich erst mal ein paar Sachen aus meinem Zimmer holen?«, fragte ich.

Das Männchen sah auf seine Uhr. »Aber mache schnell, Zeit sein Geld.«

Ich ging in mein Zimmer und schloss die Tür hinter mir. In der Burg war Schmitti nicht. Auch nicht im Hamsterkäfig. Ich hob das Schloss hoch. Das Bett war gemacht, ihre winzigen braunen Schuhe standen ordentlich davor. Ich steckte sie in die Tasche meiner Jeans. »Frau Schmitt-Gössenwein?«, flüsterte ich. »Wo sind Sie? Wir müssen hier weg!«

Nichts.

Ich legte mich auf den Boden und spähte unters Bett. Stimmt, da war ein Loch in der Scheuerleiste, nicht größer als eine Münze. Wenn sie nun da hineingekrochen war, um sich zu verstecken?

»Bitte kommen Sie raus! Der Kammerjäger ist da!«

Es klopfte an die Tür. »Felix, beeil dich!«, rief meine Mutter.

Und wenn Schmitti nun gar nicht mehr in meinem Zimmer war?

Ich nahm meine Sporttasche, stopfte eine saubere Unterhose und ein T-Shirt hinein und schlug die Bettdecke zurück, um meinen Schlafanzug einzupacken. Als ich die Jacke hochhob, rutschte etwas aus dem Ärmel. Schmitti! Sie plumpste auf den Boden und rührte sich nicht.

In diesem Moment wurde die Tür aufgerissen und ein kalkweißes Gesicht erschien.

»Habe fertig?«

Ich griff Schmitti – wahrscheinlich etwas unsanft, aber sie schien ja sowieso ohnmächtig zu sein – und warf sie in meine Tasche. Dann zog ich den Reißverschluss zu.

»Alles klar, Sie können loslegen.«

Das Männchen drängte mit seinem Staubsauger an mir vorbei in mein Zimmer.

»Warum hast du den gerufen?«, fragte ich meine Mutter.

»Ich hab ihn schon mal gar nicht gerufen«, sagte sie. »Das war Herr Hühnerkopf. Ich bin in dein Zimmer gegangen, um zu lüften, da schoss eine Maus, eine riesige Maus aus dem Hamsterkäfig und sauste unter dein Bett.«

»Bist du sicher, dass es eine Maus war?«

Sie sah mich an. »Was soll es denn sonst gewesen sein?«

Meine Mathematiklehrerin, hätte ich am liebsten gesagt, aber das ging ja schlecht.

»Dieser nackte Schwanz!« Sie schüttelte sich. »Widerlich!«

Nun war's an mir, blöd zu gucken. »Schwanz? Sie hatte einen Schwanz?«

»Natürlich. Soweit ich weiß, haben Mäuse Schwänze.«

Radovan Sowieso kam aus meinem Zimmer. »Alle fertig, alle tot!«, verkündete er fröhlich. Dann begann er eine ellenlange Rechnung zu schreiben. Meine arme Mutter!

Ich griff nach meiner Tasche und verabschiedete mich schnell.

»Aber sag bitte nichts deinem Vater«, flüsterte sie mir noch zu. »Von den Mäusen, meine ich.«

Ich konnte das Gesicht meines Vaters direkt vor mir sehen, wenn er erfuhr, dass wir Mäuse in der Wohnung hatten. Er hatte meiner Mutter immer vorgeworfen, dass sie nicht gründlich genug sauber machte. Als er einmal ein völlig verschimmeltes Stück Wurst unter dem Küchenschrank gefunden hatte, war er total ausgerastet. »Du willst wohl, dass wir demnächst im Ungeziefer ersticken, oder was?«, hatte er gebrüllt. Nein, von Mäusen würde ich ihm bestimmt nichts erzählen. Und von eingebildeten schon erst recht nicht.

Aber ich musste ihm auch gar nichts erzählen. Er freute sich einfach, mich zu sehen. »Ich muss noch einen Entwurf fertig machen«, sagte er. »Danach können wir ja unseren versäumten Kinobesuch nachholen.«

In meinem Zimmer öffnete ich meine Sporttasche. Ich hatte sie die ganze Zeit an die Brust gepresst getragen, damit Schmitti nicht herumgeschüttelt wurde. Und sie lag auch noch genauso da, wie ich sie hineingelegt hatte. Sie war doch nicht etwa …

Vorsichtig nahm ich sie heraus und legte sie auf mein Bett. Irgendwie fühlte sie sich nicht tot an. Ihre Brille war verrutscht, aber ich traute mich nicht, sie zurechtzurücken. Nachher machte ich noch etwas kaputt. Mit der Kuppe meines Daumens hätte ich ganz leicht ihre bepflasterte Nase eindrücken können. Was nun?

Wasser! Natürlich. Ohnmächtigen kippt man doch immer kaltes Wasser ins Gesicht. Ich holte ein Glas Wasser aus der Küche und spritzte Schmitti nass. Ich schwöre, es waren wirklich nur ein paar Spritzer, aber sie schoss hoch und kreischte: »Willst du mich ertränken, du grässlicher Bengel!«

Ich war so froh, dass sie noch lebte, dass ich ihr den *grässlichen Bengel* verzieh. Ich zog ein Taschentuch aus meiner Hose und gab es ihr. Sie trocknete sich ihr Gesicht ab. Dann sah sie sich um. »Wo bin ich hier?«, fragte sie.

»Das ist Nummer zwei«, sagte ich. »Mein Zimmer in der Wohnung meines Vaters.«

»Ich möchte aus dem Fenster sehen.«

Wollte sie wieder nach Tauben Ausschau halten?

Ich pflückte sie vom Bett und stellte sie auf meinen Schreibtisch. Die Aussicht ist ganz anders als in Nummer eins. Aus dem Fenster von Nummer zwei sieht man Hausdächer, Brandmauern und Giebel, qualmende Schornsteine und hört den Verkehr von der Straße. Nicht sehr laut, aber man hört ihn. Das Anfahren des Busses an der Haltestelle. Quietschende Bremsen an der Ampel. Ungeduldiges Hupen und ab und zu die Sirene eines Notfallwagens. Mich stört das nicht. Im Gegenteil. Ich fühle mich in Nummer zwei wie auf einer Insel im sturmumtosten Meer.

Schmitti stand eine ganze Weile nur da und schaute. Dann fragte sie: »Im wievielten Stock sind wir hier?«

»Im siebten.«

»Keine zehn Pferde bringen mich mehr in dein anderes Zimmer zurück.«

Pferde war gut. Schmitti hätte bequem auf einer Maus reiten können.

»Sie hätte mich beinahe gefressen.«

»Wer?«, fragte ich.

»Na, die Maus. Eine riesige Maus mit so einem widerlichen Schwanz!«

Also hatte meine Mutter doch recht gehabt.

»Nachdem du fort warst, habe ich mich etwas hingelegt … ich schlafe nicht sehr gut in letzter Zeit.« Sie lachte bitter. »Kein Wunder, mir fehlt meine Spezialwirbelsäulenschonmatratze mit doppelt verstärkten Taschenfedern.«

»Aha«, sagte ich und verstand kein Wort.

»Ich muss wohl ein wenig eingenickt sein, jedenfalls wachte ich auf, von einem Geruch oder Geräusch, ich weiß nicht mehr. Auf jeden Fall war der Kopf einer Maus über mir! Ein riesiger Kopf. Sie beschnüffelte mich durch das Fenster, ihre Barthaare waren wie Draht. Dann öffnete sie das Maul. Ihre Zähne waren grauenvoll. Und dann …«

»Und dann?«, fragte ich gespannt.

»Dann hörte ich, wie jemand ins Zimmer kam. Die Maus verschwand sofort.«

»Das war meine Mutter, sie hat die Maus verscheucht.«

»Sie hat mir wahrscheinlich das Leben gerettet«, sagte Schmitti. »Natürlich wollte ich so schnell wie möglich aus dem Käfig raus, hab mich aber nicht getraut, weil ich dachte, dieses Mäusemonster lauert mir irgendwo auf.«

»Das war bestimmt schrecklich«, sagte ich.

»Schrecklich? Schrecklich ist gar kein Ausdruck. Ich hab mich noch nie in meinem Leben so gefürchtet!«

Ich versuchte mir vorzustellen, wie ich mich fühlen würde, wenn eine nilpferdgroße Maus versuchen würde, mich zu fressen. Nicht gut. Gar nicht gut.

»Und dann? Was haben Sie dann gemacht?«

»Als von dem Vieh nichts mehr zu sehen und hören war, bin ich raus und wollte am Regal hoch, um mich in der Burg zu verstecken. Aber dann ging die Tür auf, und ich hab's gerade noch geschafft, in dein Bett zu klettern. Danach weiß ich nichts mehr.«

»Das war ich, der da ins Zimmer kam. Ich hab Sie gesucht und aus Versehen aus meinem Schlafanzugärmel geschüttelt. Sie waren ohnmächtig«, sagte ich.

»Ich war in meinem ganzen Leben noch nicht ohnmächtig«, sagte Schmitti empört. Dann sah sie auf ihre Füße. »Wo sind meine Schuhe?«

Ich zog sie aus meiner Hosentasche und gab sie ihr.

»Und wie geht's jetzt weiter?«

»Es war die falsche Katze«, gab ich zu. »Aber ich suche weiter. Morgen. Den ganzen Tag.«

»Egal, was du tust, ich werde dabei sein«, sagte Schmitti. »Mich wirst du nicht mehr los.«

Und so kam es, dass wir zu dritt ins Kino gingen – mein Vater, Schmitti und ich. Schmitti ging natürlich nicht. Sie steckte wie immer in meiner Jackentasche.

Mein Vater liebt Actionfilme. Ich konnte kaum laufen, da hat er mich schon mit ins Kino genommen. Jedenfalls behauptet das meine Mutter immer. Sie fand das überhaupt nicht gut. Auch so ein Punkt, über den meine Eltern sich nicht einig waren.

An der Kasse kaufte mein Vater zwei Karten – Schmitti würde den Film umsonst sehen können, aber ich bezweifelte, dass er nach ihrem Geschmack war – und Popcorn.

Den Popcornbehälter hielt ich auf dem Schoß und mein Vater und ich griffen abwechselnd hinein. Schmitti lugte aus meiner Jackentasche. »Ich kann nichts sehen«, flüsterte sie nach einer Weile. Mein Vater bekam nichts mit, im Kino wird ja ständig getuschelt und geraschelt und geschmatzt.

Ich wusste nicht, wo ich Schmitti hinsetzen sollte. Auf die Stuhllehne vor mir ging ja schlecht. Also zog ich sie aus der Tasche und setzte sie auf meine rechte Schulter. Mein Vater saß links von mir.

»Popcorn?«, flüsterte ich.

»Ja, bitte«, sagte sie. Ich gab ihr eins und hörte ihr Knurpsen direkt an meinem Ohr.

Der Film war so spannend, dass ich Schmitti fast vergessen hätte, doch dann krallte sie sich bei einer besonders brutalen

Stelle – dem Bösewicht wurde mit einem Laserschwert der Kopf abgehauen – an meinem Ohr fest.

»Aua!«, schrie ich auf.

»Pscht!«, machte es hinter mir.

»Zu schlimm?«, fragte mein Vater leise.

Nein, der Film war nicht schlimm. Schlimm war nur, dass mir meine Mathematiklehrerin am Ohr hing. Fehlte nur noch, dass sie vor lauter Aufregung hineinbiss.

Als der Abspann lief, stopfte ich sie schnell wieder in meine Jackentasche.

»Pizza?«, fragte mein Vater.

Ich nickte.

Im Restaurant gab mein Vater dem Ober seinen Mantel.

»Willst du deine Jacke nicht ausziehen?«, fragte er mich.

Ich schüttelte den Kopf. »Mir ist kalt.«

Mein Vater zog die Augenbrauen hoch. »Du wirst doch nicht etwa krank?«

Oh ja, ich wäre am liebsten krank geworden, richtig krank, dann hätte ich den ganzen Tag im Bett liegen dürfen und wäre für nichts, aber auch gar nichts mehr verantwortlich gewesen.

Als wir uns an einen Tisch setzten, hätte ich gern die Jacke über den Stuhl gehängt, aber mein Vater kann das nicht leiden, und bestimmt wäre auch sofort der Ober angesprungen gekommen und hätte sie zur Garderobe gebracht. Aber ich konnte Schmitti ja schlecht in der Garderobe abgeben wie einen Regenschirm.

Mein Vater bestellte sich Ossobucco, das sind Knochen mit etwas Fleisch drum rum, und ich wie immer eine Thunfischpizza mit extra viel Zwiebeln.

Es war sehr warm im Restaurant und ich schwitzte in meiner Jacke. Mein Vater trank einen Schluck Rotwein, dann sagte er: »Ich muss etwas mit dir besprechen.«

Hoffentlich kam jetzt nicht *Ich habe eine Freundin* oder so etwas in der Art.

»Es geht um Weihnachten.«

Weihnachten! An Weihnachten wollte ich nicht einmal denken! Das erste Weihnachten getrennt, geteilt, zerhackt!

»Ich hatte dir doch versprochen, dass wir wegfahren. Ski laufen.« Er nahm noch einen Schluck Wein. »Es geht nicht.«

Mir fiel ein Stein vom Herzen.

Der Ober brachte die Knochen für meinen Vater – sie rochen gut, sahen aber eklig aus – und die Pizza für mich.

»Wir haben einen Großauftrag. Toiletten und Umkleidekabinen für einen neuen Sportplatz. Die Pläne müssen bis Ende Dezember fertig sein.« Er seufzte. »Du weißt ja, wie das mit öffentlichen Mitteln ist, die müssen noch in diesem Jahr ausgegeben werden, sonst …«

Ich hoffte, er sah mir meine Erleichterung nicht zu sehr an, und stopfte mir schnell ein Stück Pizza in den Mund.

»Es tut mir so leid, ich hatte mich wirklich darauf gefreut, musst du wissen. Aber wir holen es nach, in den Osterferien, ganz bestimmt!«

Ich wäre wirklich gern mit meinem Vater Skilaufen gefahren. Berge, Schnee … in der Stadt gab's ja nur Matsch und Regen. Aber wie hätte ich gut gelaunt den Berg runtersausen können, während meine Mutter allein zu Hause saß?

Meine Erleichterung hielt jedoch nicht lange an.

»Wo möchtest du denn Heiligabend verbringen?«, fragte mein Vater beiläufig. Er fragte »Wo?« und nicht »Bei wem?«. *Wo* klang ja auch viel harmloser.

Ich verschluckte mich und bekam einen Hustenanfall. Genauso gut hätte er mich fragen können: Möchtest du lieber gehängt oder geköpft werden?

Heiligabend. Wenn ich bei meinem Vater saß, würde ich die ganze Zeit an meine Mutter denken müssen. Womöglich würde der Hühnerkopf die Gelegenheit nutzen und sich bei ihr einladen. Bliebe ich bei meiner Mutter, würde ich die ganze Zeit meinen Vater vor mir sehen, wie er allein in seinem aufgeräumten Wohnzimmer saß. Egal wofür ich mich entschied, es würde falsch sein. Ich habe Weihnachten immer geliebt, den Weihnachtsbaumkauf mit meinem Vater, das Plätzchenbacken mit meiner Mutter – sie hat sie immer besonders dick mit Schokolade beschmiert, damit man das Verbrannte nicht sah – und natürlich die Geschenke. Meine Eltern haben an Weihnachten auch weniger gestritten als sonst. Letztes Jahr hat es allerdings richtig Ärger gegeben.

Mein Vater hat meiner Mutter Ohrstecker geschenkt, die sahen noch nicht einmal schlecht aus, dummerweise hat meine Mutter aber keine Löcher in den Ohren.

»Du lebst seit fünfzehn Jahren mit mir zusammen und weißt das nicht?«

Und mein Vater war wütend, weil meine Mutter den Beutel mit den Innereien nicht aus der Gans genommen hatte, bevor sie sie in den Ofen schob. Der Plastikbeutel war natürlich geschmolzen und wir konnten den Braten nur noch wegschmeißen. Das war wirklich kein schönes Weihnachten gewesen. Wenn ich jedoch gewusst hätte, dass es das letzte gemeinsame war …

»Du musst dich ja nicht gleich entscheiden«, sagte mein Vater mit einem Blick auf mich und sezierte seine Knochen. Ich trank jede Menge Wasser und schwitzte wie blöd. Nun fing auch noch Schmitti in meiner Tasche an zu randalieren. »Ich hab Hunger!«, ertönte es.

Mein Vater sah mich etwas irritiert an. »Ich auch. Hab seit dem Frühstück nichts gegessen.«

Ich beugte mich tief über den Teller und säbelte ein winzig kleines Stück Pizza ab, das steckte ich Schmitti zu. »Viel zu hart!«, schimpfte sie.

»Lass den Rand einfach liegen«, sagte mein Vater.

Ich gab Schmitti etwas Thunfisch. »Völlig versalzen!«, erwiderte sie.

»Sollen wir die Pizza zurückgehen lassen?«, fragte mein

Vater verwirrt, er war es nicht gewöhnt, dass ich am Essen rummäkelte.

»Nein, nein, schon okay.« Konnte Schmitti nicht mal ihr Maul halten? Ich nahm die Peperoni, die ich sonst immer an den Rand lege, weil sie mir zu scharf ist, und stopfte sie in meine Jackentasche. Nun war Ruhe. Ungewöhnliche Ruhe.

Ich lüftete die Tasche ein wenig und schielte hinein. Da hockte Schmitti seelenruhig und lutschte an der Peperoni wie an einem riesigen grünen Lolli.

»Habt ihr eigentlich die Mathearbeit zurückbekommen?«, fragte mein Vater.

Diese Frage hatte mir gerade noch gefehlt. Ich schüttelte den Kopf.

»Das ist einfach unglaublich! Die habt ihr doch vor drei Wochen geschrieben!«

Mir brach der Schweiß aus. Zum einen wegen der Hitze, zum anderen wegen der Lüge.

»Lehrer müsste man sein, wirklich!«, ereiferte sich mein Vater. »Haben jeden Monat ihr festes Gehalt, von den Ferien mal ganz zu schweigen, und können sich auch noch alle Zeit der Welt lassen, wenn es darum geht, eine popelige Mathearbeit zu korrigieren …«

»Na, na, na!«, ertönte es laut und deutlich aus meiner Jackentasche.

»Mir ist schlecht«, sagte ich und sprang auf.

Auf der Toilette spritzte ich mir kaltes Wasser ins Gesicht.

Dann zog ich Frau Schmitt-Gössenwein heraus und hielt sie in Augenhöhe.

»Igitt, wie das hier stinkt!«, sagte sie.

»Vermutlich waren Sie noch nie auf einem Männerklo, da stinkt's immer, und wenn Sie jetzt nicht endlich den Mund halten, stelle ich Sie hier ab und gehe«, sagte ich und hielt sie über eins der Pinkelbecken. Ich spürte, wie Schmitti in meiner Hand zitterte.

»Jaja, ich sag nichts mehr.«

»Gut.« Ich steckte sie zurück in die Tasche, gerade noch rechtzeitig, denn soeben betrat ein dicker Mann die Toilette und nestelte an seinem Hosenschlitz.

Zurück in Nummer zwei, stellte sich die Frage, wo Schmitti die Nacht verbringen sollte. Ich zog die Kiste mit meinen Legosteinen hervor. Damit hatte ich schon ewig nicht mehr gespielt. Die Sachen, mit denen ich noch spielte, die Bücher, die ich noch lesen wollte, waren alle bei meiner Mutter. Ich hoffte nur, mein Vater hatte das noch nicht bemerkt.

Ich baute ein Bett aus den Legosteinen, das ging ruck, zuck, und legte eine Socke von mir hinein, eine saubere, wohlgemerkt. Das Bett stellte ich aufs Fensterbrett hinter den Vorhang. Hier würde mein Vater nichts von meinem Besuch sehen. Und ich auch nicht!

»Was Bequemeres hab ich nicht«, sagte ich zu Schmitti, die ihre Schlafstätte misstrauisch betrachtete. »Mit einer

Wirbelsäulendingsbumsmatratze kann ich leider nicht dienen.«

»Könnte ich bitte etwas Wasser haben?«, fragte Schmitti. »Ich liebe Peperoni, aber es war wohl doch zu viel des Guten.« Und dann rülpste sie. Jawohl! Nicht sehr laut, aber es war eindeutig ein Rülpser. Und neulich hatte sie Mario einen Eintrag im Klassenbuch verpasst, weil er von dem vielen Lakritz aufstoßen musste. Na, der würde Augen machen, wenn ich ihm das erzählte!

Mittwoch, der 30. Oktober

In dieser Nacht hatte ich schon wieder Albträume. Eine riesige Maus verfolgte mich. Jagte mich treppab durch dunkle Kellerschächte, treppauf über Hausdächer, bis sie mich in der Falle hatte. Hinter mir fiel das Dach jäh ab, vor mir riss die Maus, die größer und immer größer wurde, ihr Maul auf. Bevor sie mich fressen konnte, ließ ich mich einfach fallen. Im Traum ist das ja nicht weiter schlimm, obwohl mein Vater mir mal erzählt hat, dass es bedeutet, man sei schwach und entscheidungslos, wenn man sich im Traum einfach fallen lässt.

War ich von meinem Fall aufgewacht oder von leisen Aua!-Aua!-Rufen? Sie kamen vom Fenster her. War Schmitti aus dem Bett geplumpst?

Ich stürzte zum Vorhang und wollte ihn gerade aufziehen, da rief sie: »Nicht! Zulassen! Bitte!«

»Was ist denn passiert?«

»Ich hab mich in den Kaktus – autsch! – gesetzt!«

Auf dem Fensterbrett stand ein kleiner Kaktus, den meine Mutter mir für Nummer zwei geschenkt hatte. Da sie wusste, dass mein Vater das Gießen bestimmt vergessen würde, hatte sie extra einen Kaktus ausgewählt, weil der wenig Wasser braucht. Aus welchem Grund noch, darüber wollte ich lieber nicht nachdenken, und schon gar nicht, warum Schmitti sich jetzt hineingesetzt hatte. Vielleicht hätte ich ihr doch einen Nachttopf hinstellen sollen.

»Du musst mir helfen. Ich schaffe es nicht, die Stacheln rauszuziehen.«

»Wie soll ich Ihnen helfen, wenn ich den Vorhang nicht aufmachen darf?«

Stille. Ehrlich gesagt hatte ich keine große Lust, in näheren Kontakt mit dem Hintern meiner Lehrerin zu treten, auch wenn dieser nicht größer als eine Eineuromünze war.

»Hol eine Pinzette. Die schiebst du durch den Vorhangspalt. Ich zeig dir dann, wo du ziehen musst.«

Sie machte es ja ganz schön kompliziert. Eine Pinzette hatte ich im Schreibtisch. Ich benutzte sie zum Basteln und es klebten noch Papierschnipsel an ihr.

Vorsichtig schob ich die Pinzette durch den Vorhang.

Gleich darauf schrie sie: »Aua! Sei doch vorsichtig!«

Ich fand den ersten Stachel. Vorsichtig zog ich ihn heraus. Und dann noch einen und noch einen. Schmitti führte die Pinzette an die richtigen Stellen.

»Das war's«, sagte sie irgendwann. »Danke.«

In diesem Moment klingelte draußen das Telefon. Mein Vater sagte etwas, das ich nicht verstand, dann rief er: »Felix, Telefon für dich!«

Wer konnte mich hier anrufen außer meiner Mutter? Und das bedeutete, dass meine Eltern miteinander gesprochen haben mussten!

Mein Vater hielt mir den Hörer hin.

»Mama?«

»Ich hab sie gefunden!«

Das war nicht meine Mutter, das war Ella.

»Ich hab die Katze gefunden.«

»Wo?«, fragte ich.

»Sie saß direkt vor der Schule. Boss ist fast ausgeflippt, aber der konnte ja glücklicherweise nicht raus.«

»Und wo ist sie jetzt?«

»Wahrscheinlich bei uns im Keller. Ich hab sie gepackt, aber bevor ich unsere Wohnungstür aufschließen konnte, ist sie mir entwischt.« Sie seufzte. »Deine Mutter hat mir die Telefonnummer von deinem Vater gegeben. Kannst du kommen?«

»Ich beeile mich.«

»Na, die klang ja sehr aufgeregt«, sagte mein Vater.

»Das war Ella aus meiner Klasse. Es geht um ihre Katze, ich …«

»Verstehe!« Mein Vater zwinkerte mir zu. »Ein starker Mann wird gebraucht.«

»Bist du nicht böse, wenn ich gleich wieder verschwinde?«

»Natürlich nicht, ich hätte heute sowieso keine Zeit für dich. Wir sehen uns am Wochenende.«

Ich zog mich blitzschnell an, aß einen Toast und trank Kaffee mit viel Milch, dann holte ich Schmitti hinterm Vorhang hervor und versenkte sie wieder in meiner Jackentasche, nicht ohne ihr ein Stückchen Toast mit Orangenmarmelade zugesteckt zu haben.

Unterwegs jammerte sie natürlich rum. »Ich will nicht zurück in die Mäusewohnung, auf gar keinen Fall! Nur über meine Leiche!«

»Hören Sie, Frau Schmitt-Gössenwein!«, rief ich, um den Verkehr zu übertönen. »Ella hat die Katze gefunden. Wenn es die richtige ist, müssen Sie gar nicht mehr mit zu mir.«

Nach all den Fehlschlägen glaubte ich zwar selbst nicht mehr so recht daran, aber das wollte ich nicht zugeben.

An Ellas Haus gab es zwei Klingelschilder, auf denen *Dr. Weiß* stand. Bei dem einen gab es den Zusatz *Praxis.* Nun, da wollte ich bestimmt nicht hin. Der Summer ertönte und ich stieg die Treppe hoch.

Ella kam mir schon entgegen. »Sie kann nur im Keller sein«, sagte sie statt einer Begrüßung. »Die Tür stand einen Spalt auf und da ist sie rein.«

Jetzt war die Tür zu.

»Ich hab abgeschlossen.« Sie schwenkte den Schlüssel. »Hoffentlich finden wir sie, der Keller ist ziemlich groß.«

Der Keller war nicht nur groß, er war ein richtiges Labyrinth. Gänge zweigten links und rechts ab. Überall gab es Lattenverschläge, durch die sich eine Katze problemlos hindurchzwängen konnte. Ich zeigte auf eine Tür, auf der *Heizungskeller* stand. »Und wenn sie nun da drin ist? Da ist es bestimmt schön warm.«

»Für den Heizungskeller hab ich keinen Schlüssel«, sagte Ella.

Wir gingen einen Gang entlang, durch den verkleidete Rohre liefen. Es war warm und roch ein wenig nach Moder. Plötzlich ging das Licht aus, es knallte und ich sah Sterne. Ella hatte sich zu mir umgedreht und wir waren mit den Köpfen aneinandergestoßen. Mann, tat das weh!

»'tschuldigung!«, murmelte Ella. »Wo ist nur der blöde Schalter?«

Ich suchte nach dem kleinen roten Lämpchen, das diese automatischen Schalter immer haben, sah aber keins. Kein rotes Lämpchen jedenfalls, aber dafür ein kleines Licht am Boden. Nicht nur eins, zwei glühende Punkte leuchteten aus der Dunkelheit.

»Da ist sie!«, flüsterte ich.

»Ich hab ihn!«, rief Ella, und gleich darauf ging das Licht an.

Und dann sahen wir sie beide: die schwarze Katze, die direkt vor uns im Gang saß, als hätte sie nur auf uns gewartet!

»Miez, Miez! Na, komm her, Miez!«, lockte Ella und ging langsam auf die Katze zu.

Die rührte sich nicht.

Ella zog ein Päckchen aus der Hosentasche und wickelte

es aus. »Lecker Fressi, guck!« Sie hielt der Katze eine Scheibe Schinken hin. »Wenn sie frisst, kannst du sie dir greifen«, zischte sie mir über die Schulter zu.

Aber die Katze fraß nicht.

Unruhig bewegte Schmitti sich in meiner Tasche hin und her.

Ich habe keine Erfahrung mit Katzen, nur mit Hamstern. Aber Hamster sind eindeutig kleiner. Und leichter zu tragen. Überraschenderweise ließ sich die Katze widerstandslos von mir hochheben. Dabei sah sie mich aus ihren merkwürdig blauen Augen an, als wollte sie mich einer eingehenden Prüfung unterziehen.

»Ihre Augen sind wirklich seltsam«, sagte Ella, als wir vor dem Haus standen. »Sehen fast aus wie von einem Menschen.«

Nun, wenn meine Vermutung stimmte, dann steckte in dieser Katze auch ein Mensch oder zumindest die Seele eines Menschen.

»Und sie scheint schon ziemlich alt zu sein«, fuhr Ella fort. »Sieh mal die vielen grauen Haare. Und da geht schon das Fell aus.« Sie zeigte auf eine kahle Stelle an der Seite. »Das sind Hormonstörungen. Haben alte Katzen oft.«

Die Katze fauchte. Beinahe hätte ich sie fallen lassen.

»Woher kennst du dich mit Katzen so gut aus?«

»Nicht nur mit Katzen«, sagte Ella. »Mit allen Tieren. Ich werde mal Tierärztin.«

Tierärztin wollten fast alle Mädchen in meiner Klasse werden, aber Ella traute ich es zu.

»Soll ich dir einen Pappkarton besorgen, oder willst du sie so nach Hause bringen?«, fragte sie mich.

»Das geht schon«, sagte ich. Die Katze hatte sich wieder beruhigt und verhielt sich ganz still.

»Möchtest du, dass ich mitkomme?«, fragte Ella.

»Nein«, sagte ich. Es hatte vielleicht etwas unfreundlich geklungen, denn Ellas Gesicht nahm wieder diesen verschlossenen Ausdruck an, den ich schon kannte. Aber wenn sie mich jetzt begleitete, flog womöglich alles auf.

»Danke«, fügte ich schnell hinzu. »Ich bringe sie gleich in die Wohnung unserer Nachbarin. Wenn ich allein bin, fällt das nicht so auf.« Das war zwar völliger Quatsch, aber Ella sah gleich fröhlicher aus.

»Wenn du in den Ferien sonst weiter nichts vorhast, dann kannst du dich ja bei mir melden«, sagte sie.

»Mach ich. Mach ich bestimmt! Und danke noch mal.«

Ich schleppte die Katze über die Straße. Sie schien mit jedem Schritt schwerer zu werden. Wo sollte ich die Entzauberung stattfinden lassen? Bei mir zu Hause? So weit konnte ich sie nicht tragen. Nein, ich musste irgendeinen ruhigen Ort hier in der Nähe finden. Aber wo gab es den?

Die Katze nahm mir die Entscheidung ab. Plötzlich sprang sie von meinem Arm und lief davon. Nein, nicht davon, eher vor mir her, denn sie drehte sich immer wieder um. Wollte sie mich irgendwohin führen? Sie lief in Richtung Schule und bog kurz davor in eine kleine Seitenstraße ein. An einem schmiedeeisernen Tor blieb sie stehen, drehte sich wieder zu mir um – und schlüpfte durch die Gitterstäbe.

In diesem Moment steckte Schmitti ihren Kopf aus meiner Jackentasche und nieste mehrmals. »Ist das Vieh endlich weg? Du weißt doch, dass ich allergisch gegen Katzen bin!«

»Aber es ist die richtige, ich weiß es. Sie ist hier durch, aber das Tor ist zu.«

Schmitti schob sich mit dem ganzen Oberkörper aus meiner Jackentasche und sah sich um. »Das ist doch der Hintereingang der Schule. Den benutzen wir … also, den benutzen die Lehrer, die zu spät kommen und nicht wollen, dass der Direktor es merkt. Der Schlüssel für das Tor liegt unter der Figur rechts.«

Rechts und links neben dem Tor standen zwei Steinfiguren. Von der linken waren nur noch die Beine vorhanden, die rechte stellte einen Knaben dar, der einen großen Fisch im Arm hielt. Einen Fisch zu tragen musste noch schwieriger sein als eine Katze. Immerhin sind Katzen nicht feucht und glitschig. Dem Fischjungen fehlte ein Fuß, an der Stelle war eine kleine vermooste Öffnung. Ich griff hinein und zog tatsächlich einen Schlüssel heraus. Er ließ sich mühelos im Schloss umdrehen, anscheinend wurde er oft benutzt. Die Katze war nicht mehr zu sehen.

Ein schmaler Pfad wand sich zwischen dunklen Eiben zu einer grün gestrichenen Tür.

»Für diese Tür braucht man den Generalschlüssel und meiner … na, du weißt schon«, sagte Schmitti.

Die Katze konnte auch nicht durch die verschlossene Tür entkommen sein, also kroch ich durch die Eiben und suchte weiter. Bald darauf stieß ich an eine Mauer. Der Turm! Von dieser Seite hatte ich ihn noch nie gesehen. Ich ging um den Turm herum und da war die Katze wieder. Saß da, als hätte sie auf mich gewartet.

Wir befanden uns an der Rückseite der Schule, in dem schmalen Streifen Schulgarten, den ein hoher Zaun mit Eisenspitzen von der Straße trennte. Jetzt, Ende Oktober, sah der Garten ziemlich traurig aus. Ein paar Salatblätter, etwas Petersilie und eingetrockneter Schnittlauch mickerten in den Beeten vor sich hin. Das Einzige, das noch üppig grünte und blühte, war die Kapuzinerkresse. Die Katze verschwand zwischen den runden Blättern und kehrte mit einer roten Blüte im Maul zurück, die sie genussvoll verspeiste. Ich hatte immer gedacht, dass Katzen sich nichts aus Grünzeug machten. Bei dieser schien das anders zu sein. Vielleicht handelte es sich um eine vegetarische Katze? Den Schinken hatte sie jedenfalls verschmäht. Nach der roten musste noch eine gelbe Blüte daran glauben. Dann verschwand die Katze durch einen Türspalt in dem Schuppen, in dem Michalski das Gartengerät aufbewahrte. Super! Wenn das nicht genau der richtige Platz für die Entzauberung war! Ich machte die Tür ein Stück weiter auf … die Katze war weg! An der Wand hingen ordentlich aufgereiht Spaten, Hacke und Harken. Ein Schlauch lag aufgerollt auf dem Boden. In der einen Ecke standen Gießkannen, in der anderen lehnte ein Sack Torf. Das winzige Fenster war verschlossen, eine zweite Tür gab es nicht. Die Katze musste sich versteckt haben. Aber wo?

Dann entdeckte ich sie. Sie saß direkt über mir auf einem Bord zwischen einer alten Ölkanne und einer rostigen Blechdose, auf der in Schnörkelbuchstaben *Bittersalz* stand. Spinnweben hingen an ihrem Ohr, und sie schaute derart herablassend auf mich runter, wie nur Katzen das können. Ich wollte nach ihr greifen, da machte sie einen Satz und sprang zu Boden, gefolgt von einer Wolke aus Staub und Dreck. Und noch etwas war heruntergefallen. Ein flacher, dunkler Gegenstand.

Die Katze schüttelte sich kurz und lief zur Tür hinaus. »Warte!«, rief ich und wollte hinterher, da hörte ich lautes Bellen von draußen. Ich spähte durchs Fenster. Auf der Straße war Michalski zu sehen, mit Boss an der Leine. Die Bulldogge drängte laut kläffend zum Zaun.

»Da ist nichts, Boss«, hörte ich Michalski sagen.

Glücklicherweise gingen sie in die andere Richtung, weg von der Schule. Aber die Katze war bestimmt auch weg.

»Was ist denn los?«, rief Schmitti aus meiner Tasche. »Wo sind wir hier?«

»Boss hat die Katze verjagt«, sagte ich, und um überhaupt etwas zu tun, hob ich den flachen Gegenstand auf, der auf dem Boden lag. Es war ein schwarzes Schulheft. Während Boss' Bellen langsam verebbte, steckte ich es ein und verließ den Schuppen. Von der Katze war natürlich weit und breit nichts mehr zu sehen. Ich lief zurück zum Tor, schloss von außen ab und legte den Schlüssel zurück in den ausgehöhlten Fuß des Fischjungen.

»Und was jetzt?«, fragte Schmitti.

Das hätte ich auch gern gewusst.

Als ich nach Hause kam, war meine Mutter nicht da, dafür hörte ich komische Geräusche aus dem Bad. Ich setzte Schmitti auf meiner Ritterburg ab, ihrem Lieblingsplatz.

»Keine Sorge, die Maus lebt nicht mehr«, versuchte ich sie zu beruhigen. »Und wenn, dann kommt sie nicht hier rauf.« Hoffentlich stimmte das auch.

Im Bad hockte Herr Hühnerkopf. Schon wieder! Er riss die Fliesen aus dem Boden.

»Fliesenleger!«, schimpfte er, als er mich sah. »Haben keine Ahnung von nichts. Weißt du, was 'ne Dehnungsfuge ist, Junge?«

Ich hatte keinen blassen Schimmer und schüttelte den Kopf.

»Der Untergrund arbeitet, verstehst du? Die haben einfach drauflosgefliest und nun hebt sich der ganze Mist.« Er grinste mich fröhlich an. Ich hatte den Eindruck, dass ihm der arbeitende Untergrund ganz zupasskam.

»Hab gehört, der Radovan hat ganze Arbeit geleistet. Ist ein verdammt tüchtiger Kerl, nicht so 'n Versager wie die Fliesenleger!«

Da ich schon nicht aufs Klo konnte, ließ ich wenigstens Wasser laufen, um mir die Hände zu waschen. Ich griff nach der Seife, ließ sie aber gleich darauf wie eine heiße Kartoffel fallen und stürzte zurück in mein Zimmer.

»Jetzt klappt's!«, rief ich. »Ich hab sie angefasst!«

»Wen?«, fragte Schmitti. »Mich fasst du ständig an, und wenn ich nicht in dieser misslichen Lage wäre, dann …«

Ich ließ sie nicht ausreden. »Ich hab die Katze angefasst. Mehr habe ich an dem Freitag auch nicht gemacht. Ich hab sie gestreichelt und ihre Zauberkraft hat sich auf mich übertragen. Bestimmt ist das jetzt wieder so.«

Ich hob Schmitti vom Regal und stellte sie auf den Boden.

Dann konzentrierte ich mich und verlieh ihr in Gedanken ihre wahre Gestalt zurück. Wie groß war Schmitti eigentlich gewesen? Egal. Hauptsache, sie sah wieder halbwegs normal aus.

Aber das tat sie nicht. Sie war keinen Millimeter gewachsen.

»Das war ja klar, dass es wieder nichts wird«, schimpfte Schmitti.

»Seien Sie still! Ich muss nachdenken.«

»Man sieht ja, was dabei herauskommt!«

Ich versuchte, mich weder von Schmittis Gezeter noch von dem Krach, den Hühnerkopf im Bad veranstaltete, aus der Ruhe bringen zu lassen, aber das war nicht einfach.

»Als ich Sie in Gedanken immer kleiner habe werden lassen, war ich wütend auf Sie«, sagte ich. »Vielleicht muss ich jetzt das Gegenteil sein, damit Sie wieder größer werden.«

»Und wie soll das aussehen?«, fragte Schmitti.

Was genau hatte ich empfunden, als ich da an der Tafel stand? Hass! Ich hatte Frau Schmitt-Gössenwein gehasst. Das Gegenteil von Hass war Liebe. Aber das war ja nun wirklich etwas viel verlangt.

»Ich muss Sie mögen«, sagte ich. »Aber wenn ich Sie mögen soll, müssen Sie aufhören, ständig an mir herumzumeckern. Verstanden?«

Schmitti machte den Mund auf und wieder zu.

Ich versuchte mir Situationen vorzustellen, in denen sie mir sympathisch gewesen war. Ich sah sie auf dem eisigen Nachttisch in ihrer Wohnung, als begossenen Pudel im Wald oder aus meinem Schlafanzug auf den Boden plumpsen. Mitleid spürte ich da, mehr aber nicht. Mein Blick fiel auf den Ballon, in dem sie durch die Luft geschwebt war. Das hatte ihr Spaß gemacht, sie hatte gelacht, und in diesem Moment hatte ich sie ein klein bisschen gemocht.

Ich ließ diesen Abend vor meinem inneren Auge noch einmal Revue passieren und versuchte erneut mein Glück.

Nichts. Nichts. Nichts.

Vor Enttäuschung schossen mir Tränen in die Augen. Ich warf mich aufs Bett und heulte. Heulte, weil ich alles so satthatte, mein ganzes Leben. Nicht nur, dass ich mich zwischen meinen Eltern hin- und hergerissen fühlte, zu allem Übel war ich auch noch auf Gedeih und Verderb mit meiner Mathelehrerin zusammengeschweißt. Ich hob den Kopf und sah sie an.

Es muss kein sehr freundlicher Blick gewesen sein, denn sie machte ein paar Schritte zurück. »Ich weiß genau, was du denkst«, sagte sie. »Du möchtest mich am liebsten aus dem Fenster werfen. Glaub mir, ich kann mir auch etwas Schöneres denken, als ausgerechnet mit meinem unbegabtesten Schüler die Ferien zu verbringen. Etwas viel Schöneres.«

»Ach ja? Was denn?«

Sie brauchte ewig, um eine Antwort zu finden. »Nun, spazieren gehen zum Beispiel.«

»Gehen Sie denn spazieren?«, fragte ich. Obwohl ich seit fünf Tagen mit ihr zusammen war, wusste ich kaum etwas von ihr, und wenn ich ganz ehrlich war, wollte ich auch gar nichts wissen.

Meine Nase lief, und ich suchte in der Tasche meiner Jacke, die ich achtlos aufs Bett geworfen hatte, nach einem Taschentuch, dabei zog ich das Heft heraus, das ich im Schuppen gefunden hatte. Mit dem Ärmel wischte ich den Staub ab.

»Was ist das?«, fragte Schmitti von unten.

»Ein Schulheft«, sagte ich. »Scheint alt zu sein.«

Sehr alt sogar. Die Reste eines Etiketts klebten noch daran. Wahrscheinlich hatten Name und Fach daraufgestanden. Ich schlug das Heft auf. Seite für Seite war in einer steilen Schrift vollgeschrieben, die ursprünglich schwarze Tinte war zu einem rötlichen Braun verblasst. Die Schrift sah sehr ordentlich und sauber aus, nur lesen konnte ich sie nicht.

»Diese Hieroglyphen helfen uns auch nicht weiter.« Enttäuscht warf ich das Heft auf den Boden.

Schmitti machte einen Sprung zur Seite und das Heft schlug von allein auf.

»Das ist Sütterlinschrift«, sagte Schmitti. »Mein Großvater hat früher so geschrieben. Mir hat er sie natürlich auch beigebracht.«

»Und was steht da?«

Schmitti ging von links nach rechts, dann eine Zeile tiefer und las vor: »Gallien in seiner Gesamtheit ist in drei Teile geteilt, von denen den ersten die Belgier bewohnen, den zweiten die …«

»Das kenne ich!«, unterbrach ich sie. »Das ist aus *Asterix*!«

»Dummkopf. Das ist Cäsar. *Der Gallische Krieg*«, sagte Schmitti. »Offensichtlich handelt es sich um ein Lateinheft.«

»Na toll.« Ich lag bäuchlings über meinem Bett und blätterte um. Seitenweise ging es so weiter.

»Hierdurch geschah es, dass sie weniger weit umherschweifen und weniger leicht die Grenznachbarn mit Krieg überziehen konnten, deshalb wurden die kampfbegierigen

Menschen von heftigem Schmerz überfallen ...«, leierte Schmitti.

»Hören Sie auf!«, rief ich. »Es reicht.«

»Warte.« Aufgeregt trippelte sie auf der Seite auf und ab und murmelte: »Das ist doch ... das kann doch nicht wahr sein!«

Nun wurde ich neugierig. »Dürfte ich wissen, was an dem blöden Cäsar jetzt so spannend ist? Hat er sich schon in Kleopatra verliebt?«

»Hör zu, hör gut zu«, sagte Schmitti und las vor:

»Kaiser-Wilhelm-Gymnasium, den 31. Oktober 1913, kurz vor Mitternacht

Wer die folgenden Zeilen liest, der soll wissen, dass ich mir diesen Entschluss nicht leichtgemacht, sondern ihn nach langer, reiflicher Überlegung gefasst habe. Oft bedarf es nur eines unbedachten Wortes, eines flüchtigen Blickes, und die Zukunft in all ihrer Trostlosigkeit steht wie klar gemeißelt vor einem. Eine Zukunft, die ich weder mir noch meiner Familie wünschen mag. Seit heute, fünf Minuten nach dem Läuten zur letzten Stunde, weiß ich, was ich zu tun habe. Ich kann meinen Eltern diese Schande nicht antun. Sie haben dereinst so viel Hoffnung in mich, ihren einzigen Sohn, gesetzt. Mein Versagen würden sie nicht verstehen, ich verstehe es ja selbst kaum. Nun stehe ich hier oben, überblicke die Dächer der Stadt, suche das, unter dem ich dreizehn Jahre friedlich gelebt. Sehe die schmale Rauchsäule aufsteigen. Meine Eltern schlafen. Ich winke ihnen zu. Doch ich will nicht von ihnen gehen, ohne die Wahrheit geschrieben, ohne die wahre Schuldige, die Verursacherin meines grenzenlosen Leides genannt zu haben, denn nur sie ganz allein hat mich zu diesem Schritt getrieben –«

»Warum lesen Sie denn nicht weiter?«, fragte ich. Es fing gerade an, spannend zu werden.

»Weil es an dieser Stelle aufhört«, sagte Schmitti. »Die Seite wurde herausgerissen.«

»Rausgerissen?« Ich nahm das Heft in die Hand. »Sieht eher aus wie … abgefressen.«

Ich musste an die Katze denken. Katzen haben scharfe Zähne. Aber warum sollte sie Papier fressen?

»Merkwürdig«, sagte Schmitti und legte nachdenklich ihren winzigen Kopf schief. »Klingt wie ein Abschiedsbrief.«

»Geschrieben von einem Schüler«, sagte ich. »Nicht viel älter als ich. Vielleicht wollte er weglaufen.«

»Ich befürchte eher Schlimmeres«, sagte Schmitti.

»Sie meinen – Selbstmord?«

Sie nickte. »Er muss auf dem Turm gestanden haben, als er das schrieb.«

»Oh nein!« Mich durchlief es eiskalt, als ich mir vorstellte, auf dem Turm zu stehen, hinunterzublicken und dann …

»Einfach furchtbar«, sagte auch Schmitti.

Mir fiel auf, dass dies die erste normale Unterhaltung zwischen uns war. Aber natürlich hielt dieser Eindruck nicht lange an.

»Welchen haben wir heute?«, fragte Schmitti mich.

Ich dachte kurz nach. »Den Dreißigsten, morgen ist Halloween.«

»Halloween, Blödsinn!«, schnaubte sie. »Wenn schon, dann ist morgen Reformationstag. Und am 1. November Allerheiligen.«

Ich kenne mich mit Heiligen nicht aus. Ich kenne nur Halloween. Als wir noch in unserem Haus gewohnt haben, bin ich an diesem Abend mit ein paar Freunden von Tür zu Tür gegangen und wir haben Bonbons und andere Süßigkeiten bekommen. Meine Mutter hat einen Kürbis ausgehöhlt und vor die Haustür gestellt. Es sah richtig gruselig aus, wenn er im Dunkeln leuchtete. Wochenlang gab es Kürbis, gekocht, angebrannt oder als Marmelade. Bis er uns zu den Ohren rauskam. Aber ich habe Halloween geliebt.

»Morgen ist also der 31. Oktober«, sagte Schmitti.

»Na und?«

»An einem 31. Oktober wurde auch dieser Abschiedsbrief geschrieben.«

Ich schlug das Heft auf. Die Zahlen waren nicht in dieser komischen Schrift geschrieben. Schmitti hatte recht gehabt. Konnte das ein Zufall sein? Ich drehte und wendete das Heft in der Hand. Es sah einfach nur alt aus und harmlos. Auf einem Fitzelchen Papier, das von dem Namensschild übrig geblieben war, erkannte ich einen Haken und einen Kringel. Ich legte das Heft vor Schmitti auf den Boden.

»Sind das Buchstaben?«

»Ja. Das Letzte ist ein kleines o. Das Häkchen davor könnte von einem a, einem e, einem m oder n stammen. Vielleicht ist es auch ein i und der Punkt fehlt.«

»Einem Mädchen hat das Heft also nicht gehört«, sagte ich, denn mir fiel kein Mädchenname ein, der mit o endet.

»Außerdem war das Kaiser-Wilhelm-Gymnasium früher eine reine Jungenschule«, sagte Schmitti.

Mir fiel die Rede des Direktors ein. Hätte ich da besser aufgepasst, wüsste ich nun etwas mehr über die Vergangenheit der Schule.

»Mario«, schlug ich vor.

»Das war damals kein gebräuchlicher Name. Da hießen Jungs Heinrich, Karl-Wilhelm oder Theodor.«

»Theo!«, rief ich. »Wie wär's mit Theo?«

Schmitti sah mit einem komischen Gesichtsausdruck zu mir hoch. Dann sagte sie so leise, dass ich sie kaum verstand: »Ja, das könnte passen. Das passt sogar sehr gut.«

Und dann stemmte sie wieder die Arme in die Seiten. »Wir müssen in die Schule, morgen Nacht.«

»Warum?«

»Weil ich glaube, dass du dieses Heft nicht zufällig heute gefunden hast.«

»Das lag doch aber schon ewig im Schuppen«, sagte ich.

»Höchstwahrscheinlich und vor genauso langer Zeit hat

jemand das Schildchen mit dem Namen abgekratzt und die letzte Seite herausgerissen.«

»Jemand, der verhindern wollte, dass man weiß, wem das Heft gehört.«

»Ganz genau.«

»Diese … was stand da … Verursacherin? Jedenfalls die, die schuld an allem ist«, fügte ich hinzu.

Schmitti nickte.

»Und was hat die Katze damit zu tun?«

»Hat sie dich zu dem Schuppen geführt, ja oder nein?«

»Das schon, aber …«

»Und hast du im Schuppen das Heft gefunden?«

Es war heruntergefallen, als die Katze von dem Bord gesprungen war. Sie hatte daraufgesessen. Ich nickte.

»Ich wiederhole noch einmal: Wir müssen morgen um Mitternacht in der Schule sein«, sagte Schmitti entschieden. »Und zwar auf dem Turm.«

Diese Vorstellung behagte mir ganz und gar nicht.

»Das ist doch alles über hundert Jahre her. Mit uns hat das nichts zu tun. Da bin ich ganz sicher!«

Auf einmal waren die Rollen vertauscht. Hatte Schmitti sonst immer ablehnend und misstrauisch auf meine Vorschläge reagiert, so war ich es jetzt, der Einwände hatte.

»Außerdem, wie kommen wir da rauf ohne Schlüssel?«

»Michalski hat einen. Er hängt bei ihm neben der Tür«, sagte Schmitti.

»Na, super! Er wird ihn mir auch ganz bestimmt geben, vor allem, wenn ich sage, dass ich auf den Turm will.«

»Lass dir was einfallen«, sagte Schmitti nur.

Es klopfte. Schnell stellte ich mich vor Schmitti. Hühnerkopf erschien. »Mit Fliesen bin ich fertig. Morgen verfuge ich. Sag deiner Mutter, sie darf nur auf das Brett treten, das ich euch hingelegt habe.«

Er schielte an mir vorbei.

»Was ist denn das da?«, fragte er und zeigte auf den Hamsterkäfig.

Das sah man ja wohl. »Da war mein Hamster drin. Aber er lebt schon lange nicht mehr.«

»Sehr gut«, sagte Hühnerkopf. »Hamsterhaltung ist in meinem Haus verboten.«

»Aber Hamster tun doch nichts«, wagte ich einzuwenden.

»Von wegen, mein Junge.« Nun stand der Hühnerkopf in meinem Zimmer, und ich musste mich halb um meine Achse drehen, um Schmitti weiter zu verdecken.

»Fressen mit Vorliebe Kabel und verstopfen Rohre.«

Das stimmte leider. Einer meiner Hamster hatte mal das Telefonkabel durchgenagt. Es war ihm nicht gut bekommen.

»Sie müssen keine Angst haben«, sagte ich. »Ich möchte keinen neuen Hamster.«

»Das will ich auch hoffen«, sagte Hühnerkopf und verschwand endlich.

»Ein wirklich unangenehmer Mensch«, sagte Schmitti.

»Ja, aber er ist der Hausbesitzer, deshalb muss man nett zu ihm sein.«

Schmitti sah mich an, als wollte sie etwas sagen, aber dann schien sie es sich anders zu überlegen. Sie ging zum Hamsterkäfig. »Würdest du den Käfig bitte auf deinen Schreibtisch stellen? Nur zur Sicherheit. Ich möchte nicht noch einmal von so einem Mäusevieh überrascht werden.«

Ich räumte Bücher und Hefte auf meinem Schreibtisch beiseite und stellte den Käfig so darauf, dass sie durch das Fenster im Hamsterschloss aus meinem Fenster gucken konnte. Es dämmerte bereits, am Himmel stand ein fast voller Mond, umgeben von einem Dunstschleier.

Auch Schmitti warf einen Blick auf den Abendhimmel, nachdem ich sie auf den Schreibtisch gehoben hatte.

»Es wird schlechtes Wetter geben.«

»Dann stehen wir morgen Nacht im Regen auf dem Turm«, sagte ich. »Großartig.«

»Wenn du gestattest, ziehe ich mich jetzt zurück«, sagte sie förmlich.

»Haben Sie keinen Hunger?«, fragte ich. »Meine Mutter kocht, wenn sie zurückkommt.«

»Mir reichen Käse, Brot und ein Salbeitee.«

»Tee? Meine Mutter hat auch Wein.«

»Danke, ich trinke keinen Alkohol. Der vernebelt nur den Verstand.«

»Mineralwasser?«, versuchte ich noch mal mein Glück.

»Davon bekomme ich Sodbrennen.«

Also kochte ich wieder Salbeitee, obwohl mir allein von dem Geruch übel wurde.

Als ich Schmitti das Essen und den Tee hinstellte, sagte sie: »Ich würde dich gern um ein Buch bitten, Felix, aber du wirst wohl kaum etwas Passendes für mich haben.«

Nun, ein Mathematikbuch in Miniaturausgabe hatten wir nicht, aber dafür etwas anderes. Ich fand das Gesuchte in der Schreibtischschublade meiner Mutter, sie hatte es glücklicherweise schon ausgepackt. Zehn winzig kleine Bücher mit Ledereinband und goldener Schrift. Es gab sogar Bilder darin. *Das Dekameron* des Giovanni Boccaccio. Ich schlug die erste Seite des ersten Bandes auf: *Mitleid zu fühlen mit den Betrübten ist die Pflicht der Menschen, die jedem geziemt, besonders aber von denen erwartet wird, die selber einmal Trost benötigt und ihn bei anderen gefunden haben.*

Das klang ja schnarchlangweilig, passte also perfekt zu jemandem, der nur Salbeitee trank. Auch die Größe. Vielleicht waren die Bände nicht gerade als Bettlektüre geeignet, aber Schmitti konnte sie bequem in beiden Händen halten und lesen.

Wenig später kehrte meine Mutter zurück. Sie stellte die Einkäufe auf den Küchentisch und hatte schlechte Laune.

»Gerade die Bücher, die ich brauche, hatten sie in unserer Bücherei nicht«, schimpfte sie. »Jetzt muss ich morgen noch mal woandershin. Du weißt auch nicht zufällig, wann das Opernhaus in Manaus gebaut wurde, oder hast ein Bild davon?«

Da musste ich passen. Das große zwölfbändige Lexikon hatte mein Vater behalten. Es war schließlich das Hochzeitsgeschenk seiner Eltern gewesen. Ich hatte mir immer gern einen Band aus dem Regal gezogen, irgendwo den Finger reingesteckt und gelesen, was auf der Seite stand. Das weiße Porzellangeschirr für zwölf Personen – ebenfalls ein Hochzeitsgeschenk – hatten meine Eltern geteilt. Wann hat man schon zwölf Leute zu Gast? Aber ein Lexikon kann man nicht so einfach aufteilen. Da will man wissen, was ein Barrakuda ist, und hat dann nur die Bände K bis Z. Ich weiß natürlich, was ein Barrakuda ist. Ein gefräßiger Raubfisch mit dolchartigen Zähnen. Solche Sachen merke ich mir. Dabei kommen die in der Schule garantiert nie dran.

Meine Mutter machte Thunfisch-Nudelauflauf, mein Lieblingsessen. Der Käse obendrauf war nur ein ganz klein bisschen verbrannt, trotzdem konnte ich das Essen nicht richtig genießen, weil ich die ganze Zeit überlegte, wie ich an den vermaledeiten Turmschlüssel kam. Ich brauchte Hilfe, das war mal klar. Ella! Ich konnte Ella fragen, aber dafür musste ich sie einweihen. Und das würde ich auch tun.

Donnerstag, 31. Oktober

»Nein, nein und nochmals nein!«, rief Schmitti am nächsten Morgen, als ich ihr von meinem Plan erzählte.

»Aber Ella könnte Michalski ablenken, während ich …«

»Ich sagte Nein! Denk dir was anderes aus, aber ich will auf gar keinen Fall, dass noch einer meiner Schüler mich in diesem Zustand sieht!«

Aber wie sollte ich Ella überreden, mir zu helfen, an den Turmschlüssel zu kommen, wenn ich ihr nicht die Wahrheit sagen durfte? Ich hatte das ständige Lügen so satt, es war so furchtbar anstrengend. Ich nahm mir fest vor, nie mehr zu lügen, wenn erst einmal alles vorbei war. Ob ich das allerdings durchhalten würde, wusste ich nicht.

Ich brachte Schmitti einen Fingerhut mit Tee und drei Cornflakes, auf die ich eine mikroskopische Menge an Erdbeermarmelade praktiziert hatte. Sie saß im Laufrad und aß mit gutem Appetit, wie mir schien.

»Wenn Sie recht haben und heute Nacht etwas Entscheidendes passiert, dann können Sie morgen früh wieder in Ihrer Wohnung frühstücken«, sagte ich, um überhaupt etwas zu sagen.

»Jaja«, sagte Schmitti nur. Und für einen Moment hatte ich fast den Eindruck, dass sie sich bei mir wohler fühlte als bei sich zu Hause. Aber bestimmt irrte ich mich da.

»Was hast du heute vor?«, fragte mich meine Mutter beim Frühstück. »Wir könnten uns mal wieder einen gemütlichen Abend machen und Canasta spielen, findest du nicht?«

»Oh, ich habe Papa versprochen, bei ihm zu übernachten, er hat eine neue DVD von ...« Ich musste mir keinen Titel mehr ausdenken, denn meine Mutter stand abrupt auf und begann, die Spülmaschine einzuräumen.

»Bist du traurig?«, fragte ich. »Wir können ja morgen Abend Canasta spielen.«

Sie drehte sich zu mir um. »Ich bin nicht traurig, weil du zu deinem Vater gehst, ich bin nur traurig, weil die Ferien schon fast vorbei sind und wir überhaupt nichts zusammen unternommen haben.«

»Es sind ja bald wieder Ferien.«

»Ja, natürlich, aber die Jahre vergehen so wahnsinnig schnell; nicht mehr lange und du wirst keine Lust mehr haben, mit deiner alten Mutter Zeit zu verbringen.«

Ich stand auf und umarmte sie. »Ach, Mama.«

»Pass auf, ich habe eine Tasse in der Hand«, sagte sie und wischte sich über die Augen.

Später in meinem Zimmer rief ich Ella an. »Heute ist doch Halloween, hast du schon was vor?«

»Ein paar aus der Klasse wollen sich treffen und um die Häuser ziehen.«

»Ach so«, sagte ich enttäuscht.

»Eigentlich habe ich gar keine große Lust, letztes Jahr haben Robert und Mario die Beute ganz allein unter sich aufgeteilt.«

»Dann gehen wir eben nur zu zweit.«

»Verkleidet?«, fragte Ella.

Ich hasse es, mich zu verkleiden. Vor den Faschingsfesten im Kindergarten und in der Grundschule war ich glücklicherweise immer krank geworden. Nun hatte ich alle Kinderkrankheiten durch und würde mir für die Zukunft etwas anderes einfallen lassen müssen, um nicht als dümmlich lachender Clown oder mit Plastikcolt bewaffneter Cowboy rumlaufen zu müssen. Aber in diesem besonderen Fall war Verkleidung wichtig. Sehr wichtig sogar.

»Na, sicher doch«, sagte ich.

Der Tag verging und verging nicht. Als ich Schmitti nach dem Mittagessen ein paar Reiskörner mit einem Spritzer Sojasoße brachte, erwischte ich sie, wie sie auf meinem Schreibtisch mit meinem Matheheft kämpfte. Sie versuchte, es aufzuschlagen, schaffte es aber nicht. Schließlich klappte es ganz zu und sie lag zwischen den Seiten wie ein Hamburger in einem Brötchen. Ich öffnete das Heft und sie rappelte sich auf.

»Was interessiert Sie denn da so?«, fragte ich und stellte das Essen neben sie. Sie nahm ein Reiskorn in die Hand und biss hinein.

»Sehr körnig«, sagte sie.

»Was haben Sie mit meinem Matheheft gemacht?«, beharrte ich. »Wollten Sie nachsehen, ob ich auch immer brav meine Hausaufgaben gemacht habe? Hab ich! Das können Sie mir glauben. Da achtet schon mein Vater drauf.«

»Du hast Angst vor ihm, nicht wahr?«

»Nein.« Angst hab ich nur vor Ihnen, hätte ich beinahe gesagt. Aber das stimmte nicht. Ich hatte vor Schmitti keine Angst mehr.

»Doch!«, sagte Schmitti. »Ich hab's genau gespürt. Neulich im Restaurant. Deine Angst war riesengroß. Genau solche Angst hatte ich vor meinem Großvater. Er stand immer neben mir, wenn ich meine Hausaufgaben machte. Bei jedem Fehler riss er mir das Heft weg und verbesserte ihn. Damals gab es noch keine Tintenkiller oder so was. Er nahm eine Rasierklinge und kratzte den falschen Buchstaben oder die falsche Zahl weg. Dann glättete er das Papier mit seinem Daumennagel und malte mit Kugelschreiber das Richtige hin …« Ihre Stimme wurde tonlos. »Ich habe aus lauter Angst noch mehr Fehler gemacht.«

»Aber Sie mochten ihn.«

»Natürlich mochte ich ihn. Ich bin bei ihm aufgewachsen.«

»Dann gehören die Möbel in Ihrer Wohnung Ihrem Großvater?«, fragte ich.

»Ich konnte sie doch nicht einfach wegwerfen, sie sind ja schließlich noch gut.«

»Aber scheußlich. Und was wollten Sie jetzt mit meinem Matheheft?«

»Ich wollte sehen, ob du dich auch sonst immer verrechnest oder nur während der Klassenarbeit.«

»Wenn ich Zeit habe und nicht daran denken muss, dass es gleich klingelt, dann verrechne ich mich nicht, es ist nämlich so, dass …«

Es klopfte und meine Mutter kam rein. Suchend blickte ich mich um. Auf einem der Pinsel in meinem Stifteglas saß eine Fingerpuppe, die ich in der Grundschule mal zum Julklapp bekommen hatte. Ein Clown, dessen Hütchen schon ganz eingedrückt war. Ich griff ihn mir und stülpte ihn Schmitti über den Kopf.

Meine Mutter kam zum Schreibtisch. »Machst du Mathe oder spielst du mit deinem Clown?« Sie streckte die Hand aus. Schnell hob ich ihn beziehungsweise Schmitti hoch und sagte mit Quäkstimme: »Gu'n Tag, schöne Frau! Wie geht's, wie steht's?«

»Au!«, quiekte der Clown.

»Ach so, du übst wieder bauchreden«, sagte meine Mutter.

Bauchreden? Ich sah sie verwirrt an, dann fiel's mir wieder ein. Ich drückte Schmitti fester.

»Hör sofort auf damit, verdammter Bengel!«

»Wirklich unglaublich!« Meine Mutter strich mir über den Kopf. Sie nahm den Hamsterkäfig und stellte ihn zurück auf den Boden. »Du hast doch gar keinen Platz zum Arbeiten«, sagte sie. »Wir sollten überlegen, ob wir ihn nicht in den Keller stellen. Du brauchst ihn doch nicht mehr.«

»Ja … aber noch nicht heute. Morgen«, sagte ich. Und hoffte inbrünstig, den Käfig dann wirklich nicht mehr zu brauchen.

»Ich muss sowieso weg, ein Buch abholen, das ich bestellt habe: *Flora und Fauna am Orinoko*.« Sie seufzte.

»Wenn wir Internet hätten, würdest du viel Zeit sparen«, sagte ich wohl schon zum hundertsten Mal.

»Felix! Ich bin strunzblöd, wenn es um diese Dinge geht, ich bräuchte jemanden, der mir hilft, so was einzurichten.«

»Frag doch den Hühnerkopf«, sagte ich. »Der hat doch von allem Ahnung.«

»Vor allem von Dehnungsfugen«, sagte meine Mutter und wir mussten beide lachen.

Schmitti lachte allerdings kein bisschen, als ich sie von dem Clown befreite.

»Ich wäre fast erstickt da drin!« Sie hustete, ihr Gesicht war rot und die Brille saß schief. »Und dieses Pflaster juckt vielleicht!« Sie versuchte, es sich von der Nase zu ziehen, schaffte es aber nicht.

»Hilf mir mal!«, schnaubte sie. Das war wieder Frau Schmitt-Gössenwein, wie ich sie kannte.

»Es wird wehtun«, sagte ich.

»Sehe ich aus wie eine Zimperliese?«

Es war ungefähr so, als versuchte man, ein Preisschild von einer Verpackung zu lösen.

»Au!«, kreischte Schmitti. »Nicht so grob!«

»Eine Sekunde, ich hab's gleich.« Mit einem Ruck riss ich das Minipflaster ab. Schmittis Nase war nicht mehr spitz, sondern dick geschwollen und rot.

Sie befühlte sie. »Sieht bestimmt schlimm aus. Gib mir mal einen Spiegel.«

Ich holte einen Kosmetikspiegel aus dem Bad, klappte ihn auf und stellte ihn vor Schmitti auf den Schreibtisch.

»Entsetzlich!«, rief sie. »Meine Haare! Und das Kostüm ist ja völlig zerknüllt.«

»Sie haben die Sachen ja auch schon seit Freitag an«, sagte ich. »Wenn Sie möchten, frage ich Ella, ob sie noch ein paar Barbiekleider hat. Die könnten Ihnen passen.«

»Felix Vorndran, du bist ein unverschämter …«

Das kannte ich ja schon, also stand ich auf und ging aus dem Zimmer.

Den Nachmittag verbrachte ich vor dem Fernseher. Ich fühlte mich schrecklich müde und hatte einen Kloß im Hals. Der Gedanke an das, was mir bevorstand, jagte mir einen

Schauer nach dem anderen über den Rücken. Erst musste ich Michalski den Schlüssel klauen, keine Ahnung, wie, und dann auf den Turm. Ausgerechnet ich! Und alles nur wegen einem alten Heft. Ich konnte mir nicht vorstellen, dass das Gekritzel darin uns auch nur einen Schritt weiterbringen würde. Andererseits hatte ich das komische Gefühl, dass Schmitti mehr wusste, als sie zu sagen bereit war.

Um sieben Uhr war ich mit Ella am Kiosk verabredet. Bis dahin musste ich noch irgendeine Verkleidung finden.

Meine Mutter besaß ein langes Cape, das sie nur trug, wenn sie fein ausging. Zum letzten Mal hatte sie es in der Oper getragen. Mein Vater hatte ihr die Karten zum Geburtstag geschenkt. Ich weiß nicht mehr, was für eine Oper es war, nur, dass meine Eltern sich vorher fürchterlich gestritten haben. Mein Vater meinte nämlich, dass die Heldin am Ende an Schwindsucht stirbt, und meine Mutter sagte, das sei eine andere Oper und mein Vater hätte sowieso keine Ahnung von klassischer Musik.

Ich weiß nicht, wer von beiden schließlich recht behalten hat, aber sterben in der Oper am Ende nicht immer alle an irgendwas?

Das Cape war aus schwarzem Samt, innen mit einem glänzenden roten Stoff gefüttert, und als ich es mir überwarf und in den Spiegel schaute, erschrak ich fast vor meinem eigenen Anblick. Mit den langen Haaren, die ich mir längst mal hätte waschen sollen, und einem ungewöhnlich blassen Gesicht sah ich aus wie ein Vampir. Nun, das konnte ich mit den Schminksachen meiner Mutter ja noch etwas unterstreichen. Ich malte mir schwarze Schatten unter die Augen. Sog die Backen ein und schmierte die Vertiefungen mit dunklem Puder aus, sodass meine Wangen ganz eingefallen aussahen. Ein lippenstiftroter Blutfaden lief an meinem linken Mundwinkel herab.

Ella hielt erst mal die Luft an, als sie mich sah. »Felix, bist du's?«, fragte sie. »Ich hab dich nur an den Haaren erkannt. Du siehst echt gefährlich aus.«

Gefährlich fühlte ich mich überhaupt nicht, nur kaputt. Der Gedanke, dass ich womöglich bis Mitternacht warten musste, bis der ganze Spuk vorbei war, machte mich fertig.

In meinem Cape war innen eine kleine Tasche. Statt Taschentuch und Puderdose steckte Schmitti darin. Nicht verkleidet natürlich, haha.

Ella hatte ihre Haare zu steif abstehenden Zöpfen geflochten und sich braune Punkte und einen riesigen roten Mund ins Gesicht gemalt. Über einem dicken, rot-weiß geringelten Skipullover trug sie einen langen schwarzen Unterrock. Sie sah aus wie Pippi Langstrumpfs große Schwester und überhaupt nicht gruselig.

»Wo wollen wir anfangen?«, fragte Ella.

Ich zeigte auf den Kiosk. »Am besten gleich hier.« Aber der Kioskbesitzer war keine gute Adresse.

Kaum dass er uns sah, schnaubte er: »Ihr seid jetzt schon die Fünften! Als ob ich was zu verschenken hätte!«

Ich legte einen Euro hin. »Dann vier weiße Mäuse, bitte.«

Er packte sie in eine Tüte und grummelte weiter.

»Ist doch wahr. Was soll diese Bettelei? Jede Nacht beschmiert ihr hier alles und dann soll ich euch noch belohnen?«

Ich machte gar nicht erst den Versuch, ihm klarzumachen, dass nicht wir es waren, die seinen Kiosk mit großen silbernen Krakeln verunstaltet hatten, sondern nahm die Tüte und wir schlenderten in Richtung Schule.

An einem Mietshaus drückte ich mit der flachen Hand auf möglichst viele Klingeln. Irgendwer würde schon aufmachen. Als es summte, gingen wir hinein und läuteten an der ersten Tür im Erdgeschoss. Sie war übersät mit den Stickern eines Fußballklubs. Ella wollte mich mit einem »Hier lieber nicht« schon weiterziehen, da ging die Tür auf. Ein Kerl erschien. Ein Kerl mit kurzen Hosen und dicken Beinen, Fußballerbeinen.

Er sah uns unfreundlich an. »Was wollt ihr?«

»Saures, sonst … sonst gibt's Süßes!«, stammelte ich.

»Saures kannste haben, und zwar direkt in deine schwule Fresse!«

»Sie unverschämter Mensch!«, schimpfte Schmitti unter meinem Cape.

»Was haste gesagt?« Der Dicke kam ganz dicht an mich ran.

Ich machte einen Schritt zurück. »Nichts! Entschuldigen Sie bitte, das war ein Irrtum.«

»Will ich auch schwer hoffen!«

Ella und ich versuchten es gar nicht erst woanders, wir liefen aus dem Haus und hielten erst an der nächsten Ecke wieder an.

»Wir könnten in die Praxis meines Vaters gehen«, schlug Ella vor. »Ich weiß, dass meine Mutter extra ein paar Süßigkeiten besorgt hat.«

Das war sicher nicht im Sinne des Erfinders, aber wenigstens ungefährlich.

In der Praxis roch es, wie es immer beim Zahnarzt riecht. Ich mag den Geruch und mich stört auch das Geräusch des Bohrers nicht. Meiner Mutter bricht jedes Mal der kalte Schweiß aus, wenn sie eine Zahnarztpraxis betritt, und sie war sehr froh, als sie neulich eine Anzeige gelesen hat, wo angeboten wurde, Patienten wie sie unter Vollnarkose zu behandeln. Am Empfangstresen saß eine mollige Frau und lächelte uns an.

»Süßes, sonst gibt's Saures!«, quiekte Ella mit verstellter Stimme.

»Aber klar doch, Ellakind.« Die Frau zog ein Beutelchen hervor und gab es ihr.

»Du hast mich erkannt?«, sagte Ella enttäuscht.

»Ich werde doch wohl meinen alten Unterrock erkennen«, lachte Ellas Mutter. »Und wie heißt dein gruseliger Begleiter?«

»Das ist Felix, er geht in meine Klasse.«

»Felix Vorndran«, stellte ich mich vor.

»Vorndran?« Ellas Mutter runzelte die Stirn. »Der Name sagt mir jetzt nichts.«

»Felix ist erst seit den Sommerferien in der Klasse.«

»Ach so.« Sie nickte. »Und wie fühlst du dich? Kommst du mit den Lehrern klar?«

Ich nickte, aber Ella sagte: »Nur die Schmitt-Gössenwein hat ihn auf dem Kieker, die alte Schreckschraube.«

»Ach je, unter der hat schon unser Ältester gelitten. Die Frau ist so was von unmöglich.«

Ich hustete laut.

»Warum muss jemand wie sie, die mit Kindern nicht umgehen kann, ausgerechnet Lehrerin werden?«, sprach sie weiter. »Einfach unfähig.«

»Machen Sie's doch besser!«, ertönte es.

Ella und ihre Mutter sahen mich erstaunt an.

Ich breitete mein Cape aus und flatterte mit den Armen – hoffentlich wurde es Schmitti schön schlecht – und dröhnte: »Besser, besser, am besten ist doch immer noch Blut, perlendes, prickelndes, köstliches Blut, frisch gezapft von einem zarten Mädchenhals!« Ich tat so, als wollte ich Ella in den Hals beißen.

»Wir gehen dann mal weiter, Mama«, sagte Ella schnell. Ihre Mutter sah mich misstrauisch an. »Aber spätestens um neun bist du zu Hause, versprochen?«, rief sie uns nach.

»Und jetzt?«, fragte Ella. Sie zog die Schultern hoch. Ihr war bestimmt kalt. Ein heftiger Wind war aufgekommen. Vor dem blassen Vollmond jagten Wolkenfetzen vorbei.

Ich zuckte die Achseln. Mir war noch immer nicht eingefallen, wie ich Ella dazu bringen konnte, bei Michalski zu klingeln, ohne ihr die Wahrheit zu verraten. Da kam mir der Zufall zu Hilfe.

Drei Gestalten trotteten durch die Dunkelheit auf uns zu.

»Trick or meat!«, rief die größte von ihnen mit einer Freddy-Krueger-Maske auf dem Kopf.

Die Stimme kam mir bekannt vor.

»Lass den Quatsch, Mario«, sagte Ella. »Du konntest noch nie Englisch. Es heißt *treat,* nicht *meat.* Oder willst du Kotelett statt Lakritz?«

»Lakritz!«, rief Mario und zerrte sich die Maske vom Kopf. »Mann, ich schwitze wie Sau in dem Teil.«

Nun erkannte ich auch Robert und Jasmin. Robert hatte sich ein paar Frankenstein-Narben ins Gesicht gemalt und Jasmin trug eine Perücke mit giftgrünen Kringellocken.

»Sieht echt mau aus heute«, sagte sie und öffnete einen Stoffbeutel. »Nur in der Apotheke gab's ein paar Traubenzuckerbonbons, aber die schmecken ja so was von eklig.«

»Wenn ich wüsste, wo Schmitti wohnt, würde ich der gern mal einen ordentlichen Schrecken einjagen«, sagte Mario. »Am besten so, dass sie vor Angst tot umfällt!«

Jasmin und Robert lachten laut.

Schmitti war echt nicht zu beneiden. Es musste nicht schön sein, ständig so viel Negatives über sich zu hören.

»Was ist mit Michalski?«, rief ich dazwischen. »Wollen wir dem nicht mal auf die Pelle rücken?«

»Au ja, prima Idee«, sagte Robert.

»Ohne mich«, sagte Jasmin. »Habt ihr Boss vergessen? Einer aus der Zehnten hat er das halbe Bein abgebissen.«

»Wenn ihr euch nicht traut ...«, sagte ich gedehnt.

»Und du?«, fragte Mario. »Traust du dich denn?«

Ich holte tief Luft: »Na klar. Unter einer Bedingung.«

»Ja?«, fragte Robert.

»Ich möchte, dass ihr in der Nähe bleibt. Ich meine, wenn Boss mich zerfleischt, dann könnt ihr schnell einen Krankenwagen holen oder so.«

»Kein Problem«, sagte Mario und stülpte sich die Freddy-Krueger-Maske wieder über den Kopf. »Ich hab mein Handy dabei.«

»Bist du wahnsinnig?«, zischte Ella mir zu. »Wem willst du damit was beweisen?«

»Niemandem«, sagte ich. Und das stimmte auch, ich wollte niemandem etwas beweisen, ich wollte nur an diesen vermaledeiten Schlüssel, und endlich wusste ich auch, wie.

Die Wohnung des Hausmeisters befand sich im linken Seitenflügel der Schule. Eine super Wohnung. Es gab eine große

Terrasse, einen Wintergarten und zum Eingang führte eine Treppe mit schmiedeeisernem Geländer.

Mario, Robert, Jasmin und Ella blieben am Straßenrand stehen, direkt vor dem Auto von Michalski, einem Audi in Silbermetallic. Das war perfekt. Ich wusste, dass es Michalskis Auto war, weil er ständig daran herumpolierte.

Ich ging die Stufen hoch und klingelte. Noch war Zeit, noch hätte ich mich umdrehen und abhauen können, aber ich spürte das ungeduldige Gezappel von Schmitti in meiner Capetasche. Blaues, flackerndes Licht aus dem Wohnzimmerfenster verriet mir, dass der Hausmeister vor der Glotze saß. Also klingelte ich noch einmal. Genau in diesem Moment wurde die Tür aufgerissen. Lautes Bellen ertönte.

»Ich geb nichts!«, brüllte mir Michalski entgegen. Er hielt den hechelnden Boss am Halsband. Der Hund sah aus, als wäre er mir am liebsten an die Gurgel gesprungen.

»Das weiß doch jeder, dass Sie nichts geben«, sagte ich so ruhig wie möglich. »Deswegen wollen die da draußen ja auch Ihr Auto demolieren. Ich dachte, ich warne Sie mal besser.«

»Was wollen die?« Michalski drängte mich beiseite und starrte auf die Straße. Und obwohl die vier ganz ruhig dastanden, sahen sie doch sehr gefährlich aus. Vor allem Mario mit seiner Freddy-Krueger-Maske. Und Roberts Luftpumpe konnte man aus der Entfernung gut und gern für einen Schlagstock halten.

»Ihr verdammten …« Michalski stürzte die Treppe runter, Boss ihm hinterdrein.

»Haut ab!«, rief ich. Die vier auf der Straße begriffen erst nicht, wie ihnen geschah, aber dann rannten sie los.

Ich hatte nicht viel Zeit, trat in die Diele und sah auch sofort das Schlüsselbrett, aber da hing mindestens ein Dutzend verschiedene Schlüssel. Ich lüftete das Cape. »Welcher ist es denn?«

»Der Generalschlüssel ist ein Sicherheitsschlüssel und der Turmschlüssel hat einen Bart«, sagte Schmitti.

Himmel! Welcher Sicherheitsschlüssel war es denn bloß? Ich hatte vorgehabt, beide Schlüssel zu nehmen, zu verschwinden und später, kurz vor Mitternacht, in die Schule zurückzukehren. Den Turmschlüssel fand ich sofort, aber wo war der Generalschlüssel? Ich wühlte zwischen den Schlüsseln herum und versuchte die Plastikschildchen zu lesen: *Direktor, Mädchentoilette I. St.,* da hörte ich Boss' lautes Bellen. Michalski kam zurück. Es war zu spät.

»Scheiße!«

»Ich muss doch sehr bitten«, tönte Schmitti. »In den Keller, schnell! Die Tür gegenüber.«

Am Ende der Diele war eine grüne Tür, die ich aufriss und hastig wieder hinter mir schloss. Hier war es stockdunkel. Ich beugte mich vor, um nach einem Lichtschalter zu tasten, und wäre um ein Haar eine Treppe hinuntergefallen. Endlich hatte ich den Schalter, das Licht ging an.

Am Fuß der kurzen Treppe bog ein Gang links ab, ein anderer führte geradeaus. Ich zögerte nur kurz und lief geradeaus. Wenn ich mich nicht geirrt hatte, musste ich mich direkt unter der Turnhalle befinden. Am Ende des Gangs war wieder eine Tür. Ich betete, dass sie nicht abgeschlossen war, sonst steckte ich hier unten fest. Die Tür hatte auf meiner Seite einen Riegel. Er ließ sich nur mit Mühe zurückschieben.

Der Raum, in dem ich nun stand, musste vor Urzeiten mal der Fahrradkeller gewesen sein. Gebogene Schienen zogen sich die Wände hoch. In zweien standen noch Fahrräder, eingestaubt, mit platten Reifen und wahrscheinlich bleischwer. Die in die Ständer zu wuchten, musste eine wahre Freude gewesen sein. Heute gab es Fahrradständer auf dem Hof, und wehe, einer wagte es, sein Rad am Zaun anzuschließen! Da verstand Michalski keinen Spaß. Die zweiflügelige Tür zu meiner Rechten erkannte ich. Sie führte auf den Schulhof.

»Wo sind wir?«, flüsterte Schmitti aus der Innenseite meines Capes.

»Im alten Fahrradkeller.«

Das Licht im Gang ging aus, was einerseits gut war, denn wenn Michalski die Kellertür öffnete, hätte er gleich gewusst, wo ich mich befand. Andererseits tappte ich nun im Finstern. Warum hatte ich nicht an eine Taschenlampe gedacht? Das war bei einem solchen Unternehmen doch das Wichtigste!

Einen dickeren Pulli hätte ich mir auch anziehen sollen. Wo war ich nur mit meinen Gedanken gewesen?

Auf der Suche nach einer Tür, die in die Schule führte, tastete ich mich an der Wand entlang. Putz brach in großen Placken ab. Einmal fasste ich in etwas Schmierig-Feuchtes und fuhr angewidert zurück. Aber dann fühlte ich Holzlatten unter meinen Fingern. Eine Klinke, die sich nicht bewegen ließ. Meine suchenden Finger fanden einen Spalt. Die Tür war anscheinend so verzogen, dass sie sich nicht mehr richtig schließen ließ. Mit unerträglich lautem Knarren und Quietschen stieß ich sie so weit auf, dass ich mich hindurchquetschen konnte.

»Aua!«, schrie Schmitti. »Pass doch auf! Du zerdrückst mich ja!«

Irgendetwas hielt mich fest. Mit einem Ruck machte ich mich los. Ratsch! Das Cape musste an einem Nagel hängen geblieben sein. Ich ertastete einen langen Riss. Das würde meiner Mutter nicht gefallen.

Aber ich war endlich in der Schule. Ein paar Stufen hoch und dann stand ich in der ehemaligen Pförtnerloge. Natürlich gab es keinen Pförtner mehr, so etwas konnten sich höchstens noch Privatschulen leisten. Am Musikabend hatte Michalski hier gesessen und die hereinströmenden Eltern so finster gemustert, als hätten sie alle irgendwo versteckte Bomben und Maschinengewehre bei sich.

Nun betrat ich die große Eingangshalle. Hier war es fast

hell. Durch die riesigen Fenster, die sich bis in den ersten Stock erstreckten, fiel von draußen das Licht der Straßenlaternen. Ich ging die breite Treppe hoch, bog dann nach links in den Gang, der zu den Physik- und Chemieräumen führte, und wusste nicht weiter.

Ich schlug das Cape zurück. »Wo geht's zum Turm?«

»Ich war da noch nie«, sagte Schmitti. »Aber ich glaube, wir müssen zuerst auf den Dachboden.«

Also hoch in den zweiten Stock. Hier befanden sich die Kursräume für die Oberstufe. Der hintere Teil des Flures war mit einem rot-weißen Band abgesperrt und Michalski hatte ein gelbes Baustellenschild aufgestellt. Vor zwei Wochen hatte sich eine Flurlampe aus der Halterung gelöst und war herabgestürzt. Nicht zum ersten Mal. Ständig fiel irgendetwas runter oder ging kaputt. Die Klos waren dauerverstopft, und die hundertjährige Orgel in der Aula, auf die der Direktor so stolz war, pfiff schon seit Jahren auf dem letzten Loch. Seit Kaiser Wilhelm seine Eiche gepflanzt hatte, war nicht mehr renoviert worden. Nun schien man immerhin das Loch in der Decke zumachen zu wollen. Ich stieg über die Absperrung und wäre fast über eine graue Wanne mit Mörtelresten gestürzt. Elektrokabel lagen aufgerollt auf dem Boden. Ich schaute nach unten, um nicht noch einmal zu stolpern – womöglich fiel ich noch auf Schmitti drauf, das hätte sie nicht überlebt –, und schrie laut auf! Vor mir erschienen Füße. Da stand jemand! Eine weiße Gestalt mit Basecap. Das Basecap beruhigte mich etwas. Gewöhnlich trugen Gespenster so etwas nicht.

»Was ist?«, flüsterte Schmitti.

»Ein Gespenst«, flüsterte ich und öffnete das Cape.

»Leistungskurs Kunst«, sagte sie nur. »Und deswegen schreist du so?«

Inzwischen hatte ich auch erkannt, dass die lebensgroße Figur vor mir aus Pappe und Gips bestand.

»Wo geht's denn zum Dachboden?«, fragte ich.

»Durch die Tür dahinten.«

Was für ein Glück: Die Tür am Ende des Gangs war nur angelehnt. In dem schmalen Durchgang zwischen Tür und Bodentreppe hatten die Handwerker Leitern und Farbeimer abgestellt. Hier gab es auch einen Lichtschalter. Ich streckte schon die Hand aus – und zog sie wieder zurück. Das Licht würde durch die Dachluken schimmern. Irgendwann würde Michalski bestimmt mit Boss Gassi gehen und sich wundern, wer da auf dem Dach sein Unwesen trieb. Vorsichtig einen Fuß vor den anderen setzend, stieg ich die steile Treppe hoch, und dann stand ich auf einem Dachboden, der die Ausmaße einer Kathedrale zu haben schien. Die Dachluken waren zwar verstaubt, trotzdem drang genug Licht herein. Vielleicht hatten sich meine Augen auch an die Dunkelheit gewöhnt.

Zu meiner Linken türmten sich alte Schulbänke. Die Tische waren abgeschrägt und hatten Aussparungen für die

Tintenfässer. Meine Mutter hatte in der Schule noch solche Tische gehabt, natürlich ohne Tinte, aber die Löcher wären ideal zum Verstecken von Briefchen gewesen, hatte sie mal erzählt. Ich stieß an einen Kartenständer, und donnernd rasselte eine Karte der Bundesrepublik herunter, auf der die DDR ein großer weißer Fleck war mit einem halben Berlin mittendrin. Ein aufklappbarer Mensch streckte mir seine Eingeweide entgegen. Es war nicht zu erkennen, ob es sich um Männlein oder Weiblein handelte. Aber den gewellten Haaren nach war es wahrscheinlich eine Frau.

In einer Vitrine hockten ausgestopfte Tiere. Ein Dachs, ein Fuchs, große schwarze Vögel. Sie schienen mich mit hungrigen Blicken zu verfolgen.

Ich ging an einer Reihe von Schränken vorbei. Neugierig öffnete ich einen und ein Stapel modriger Bücher fiel mir entgegen. Als ich zum letzten Schrank kam, ging knarrend die Tür auf, und ein Skelett grinste mich an. Ihm fehlte ein Arm und irgendwelche Scherzkekse hatten dem Knochenmann eine Zigarette zwischen die Zähne gesteckt. Ich wollte die Schranktür gerade schließen – so angenehm ist der Anblick eines Skeletts ja nicht, vor allem nicht nachts –, als eine Katze aus dem Schrank sprang. Eine schwarze Katze. Sie setzte sich vor mir auf den Boden und schaute mich an. Die Augenfarbe konnte ich nicht genau erkennen, aber ich hätte wetten können, dass die Augen blau waren.

»Es wurde ja auch langsam Zeit«, sagte sie.

Die Katze?

»Was?«, fragte ich verwirrt.

»Sprich in ganzen Sätzen, Knabe. Du weißt wohl nicht, was sich gehört?«

Irgendwie erinnerte mich der Ton an Schmitti, aber etwas Stählernes schwang darin mit, wie eine zu straff gespannte Gitarrensaite. Ich beschloss, sehr vorsichtig mit meinen Worten zu sein, schließlich wollte ich etwas von ihr.

»Entschuldigen Sie bitte, ich wollte nicht unhöflich sein.«

»Schon besser«, sagte die Katze. »Wie heißt du, sag an.«

»Felix. Felix Vorndran.«

»Felix. Der Glückliche, wie passend. Aber was soll diese alberne Maskerade?«

»Heute ist Halloween und ...«

»Dummes Zeug. Heute ist der 31. Oktober und in gut einer Stunde ist Allerheiligen. Bis dahin muss es vollbracht sein.«

Schmittis Zurückverwandlung? Sprach sie davon?

»Müssen wir noch bis Mitternacht warten? Ich meine, bis wir Schmitti ... äh, Frau Schmitt-Gössenwein wieder entzaubern können.«

»Zeig sie mir«, sagte die Katze statt einer Antwort.

Ich griff in mein Cape und zog Frau Schmitt-Gössenwein heraus. Aus irgendeinem Grund widerstrebte es mir, sie vor der Katze auf den Boden zu setzen, also behielt ich sie in der Hand. Ohne sie zu drücken, versteht sich.

»Runter!«, befahl die Katze.

Ich hockte mich hin, ließ Schmitti aber nicht los. Die Katze kam langsam näher. In geduckter Haltung, als sei sie auf Mäusejagd. Jetzt sah ich auch das seltsame verwaschene Blau ihrer Augen und ihr struppiges Fell. Ihre Barthaare zuckten. Sie stupste Schmitti mit der Nase an und beschnüffelte sie. Der schien das nicht zu gefallen. Ich spürte, wie sie sich steif machte. Dann nieste sie. Mehrmals hintereinander. Natürlich, sie hatte ja eine Katzenallergie.

Ich erhob mich schnell.

»Ich bezweifele, dass mir diese Dame sehr bekömmlich sein wird«, sagte die Katze. »Scheint etwas vertrocknet zu sein. Was unterrichtet sie?«

»Mathematik«, sagte ich brav.

»Und weiter?«

Warum redete sie nur mit mir? Schmitti war zwar klein, aber doch kein Baby, das nicht sprechen konnte.

»Ich weiß es nicht.« Die meisten Lehrer unterrichteten zwei Fächer. Biologie und Chemie. Englisch und Französisch. Mathematik und Physik.

»Physik?« Ich sah Schmitti in meiner Hand fragend an. Sie schüttelte den Kopf. »Handarbeiten«, hauchte sie. »Aber das gibt es ja nicht mehr.«

Zum Glück. Meine Mutter hat mir erzählt, was für eine Qual der Handarbeitsunterricht früher gewesen sein muss. Knopflöcher nähen, Strümpfe stricken und alberne Turnbeutel mit Namen besticken. Immerhin durften die Jungs stattdessen hämmern und bohren.

»Nur Mathematik«, sagte ich laut. »Warum wollen Sie das wissen?«

»Wenn einer hier Fragen stellt, dann ich!«, fauchte die Katze und verzog die Augen zu Schlitzen. »Schlacht bei Issos?«

Was meinte sie damit? Ich hatte noch nie davon gehört, und das wollte ich auch gerade sagen, da flüsterte Schmitti mir zu: »Dreihundertdreiunddreißig vor.«

»Vor dreihundertdreiunddreißig Jahren«, sagte ich.

»Si tacuisses, philosophus mansisses«, erwiderte die Katze. »Nun, übersetze mir das.«

Ich zuckte mit den Achseln. »Keine Ahnung.«

»Wenn du geschwiegen hättest, wärest du ein Philosoph geblieben!«, schnaubte sie.

Auf Deutsch verstand ich den Satz ebenso wenig wie auf Lateinisch. »Tut mir leid, wir kriegen erst in der Neunten Latein«, sagte ich. »Wenn wir wollen.«

»Wollen?« Die Augen der Katze weiteten sich. »Was soll das heißen?«

»Es ist freiwillig, ich kann mich auch für Spanisch entscheiden oder Musik oder …«

»In welcher Klasse bist du?«

»In der Sechs-«

»Quinta«, zischte Schmitti mir zu.

»Quinta«, sagte ich und kapierte nichts.

»Und da willst du mir weismachen, ihr hättet kein Latein?«

»Ist doch eh eine tote Sprache.«

Das hätte ich besser nicht gesagt. Die Katze kreischte, als hätte man ihr auf den Schwanz getreten, und sprang mit einem Satz auf mich zu. Ich konnte gerade noch ausweichen. Glücklicherweise hatte ich Schmitti nicht losgelassen. Nun stellte ich sie auf einem Stapel alter Atlanten ab.

Die Katze war auf allen vier Beinen gelandet: »O tempora, o mores! Welch ein Verfall der Sitten. Die Sprache aller Sprachen, die Wiege der Humanität, der Kultur, der …«

»Wer sind Sie?«, unterbrach ich sie.

»Wer ich bin? Wer ich bin? Das fragst du?«

»Na ja, eine normale Katze scheinen Sie irgendwie nicht zu sein.«

»Ich glaube, ich weiß, wer sie ist«, flüsterte mir Schmitti zu. »Sie sind Hulda Stechbarth, nicht wahr?«, sagte sie laut.

Die Katze umkreiste mit hocherhobenem Schwanz den Bücherstapel, auf dem Schmitti stand.

»Allerdings«, schnurrte sie. »Ich wusste doch, dass mein Name nicht in Vergessenheit geraten ist.«

»Mein Großvater hat mir von Ihnen erzählt. Er war Schüler an dieser Schule, später auch Lehrer, aber da waren Sie schon …« Schmitti sprach nicht weiter.

»Wie hieß er? Ich erinnere mich an alle meine Schüler«.

»Alfred«, sagte Schmitti. »Alfred Schmitt-Gössenwein.«

Die Katze neigte nachdenklich den Kopf. »Ich erinnere mich gut an ihn. Hatte immer Schwierigkeiten mit dem ablativus limitationis und dem genitivus criminis.«

In diesem Moment war Latein für mich gestorben. Eine Sprache, in der es einen kriminellen Genitiv gab, wollte ich bestimmt nicht lernen.

»Ansonsten war Alfred ein guter Schüler«, fuhr die Katze Hulda fort, »zeichnete sich aus durch sittliche Reife und geistiges Streben.«

»Sie waren Lateinlehrerin?«, fragte ich.

»Latein, Griechisch und Geschichte, allerdings«, sagte Hulda stolz. »Die drei wichtigsten Fächer.«

Das fand ich ja nun nicht, aber ich hütete mich, ihr zu widersprechen. Außerdem interessierte mich viel mehr, wie sie eine Katze geworden war.

»Was ist mit Ihnen …«, begann ich, doch Schmitti unterbrach mich. »Erstaunlich, was für ein gutes Gedächtnis Sie haben, Fräulein Stechbarth.« Ihre Stimme war rau. Vielleicht hatte sie sich erkältet. Kein Wunder, es war kalt hier. Die Dachluke über uns stand halb offen.

»Dann erinnern Sie sich doch auch sicher an den Freund meines Großvaters. An Theo Heuser.«

Oh nein! Fingen die jetzt etwa an, in Erinnerungen an die selige Schulzeit zu schwelgen? Typisch Lehrer unter sich, haben immer nur ein Thema!

»Allerdings!«, knurrte die Katze. »Wegen diesem Subjekt mussten Generationen von Schülern auf meinen segensreichen Unterricht verzichten.«

»Zeig ihr das Heft«, sagte Schmitti zu mir.

Ich hatte es zusammengerollt in eine Seitentasche meiner Jeans gesteckt und zog es nun heraus.

»Das ist Theos Heft, nicht wahr?«, fragte Schmitti. »Sie haben Felix in den Schuppen gelockt, damit er es findet.«

»Beinahe wäre es schiefgegangen«, sagte die Katze. »Die Jugend von heute ist wirklich sehr beschränkt.«

»Vor allem kennt sie keine Sütterlinschrift mehr, das haben Sie nicht bedacht.«

»Was lernt man denn überhaupt noch in der Schule?«, fragte die Katze und starrte zu Schmitti hoch.

»Das ist doch jetzt egal!«, rief ich. Ich hatte keine Lust, über Lehrpläne von damals und heute zu diskutieren. Ich fror erbärmlich, meine Füße erstarrten langsam zu Eis. »Was hat es mit dem Heft nun auf sich? Hat dieser Theo den Abschiedsbrief geschrieben?«

»Ja«, sagte Schmitti.

»Abschiedsbrief, pah!« Jetzt fixierte diese Hulda mich. Ihr Blick war mir unheimlich. Sie war zwar eindeutig eine Katze, aber ihre Augen hatten einen menschlichen Ausdruck. Und keinen sehr angenehmen.

»Er ist ja nicht gesprungen, selbst in diesem Punkt hat dieser Schwächling versagt.«

»Ich verstehe überhaupt nichts«, sagte ich. »Was war denn mit diesem Theo?«

»Theo war ein durch und durch verkommenes Geschöpf!«, kreischte die Katze so schrill, als wollte sie Glas zum Zerspringen bringen.

»Ich erzähle dir, was mit Theo war«, sagte Schmitti bestimmt. »Theo war damals dreizehn, ein Jahr älter als mein Großvater, er war sitzen geblieben. Sie gingen beide in die Quarta, so hieß damals die siebte Klasse. Wahrscheinlich hätte Theo die Versetzung in die achte Klasse geschafft, wenn sie nicht gewesen wäre.« Sie zeigte auf die Katze, die unruhig vor dem Bücherstapel auf und ab lief.

»Sie wollte ihm in Latein ein Ungenügend geben. Abgesehen davon verging nicht ein Tag, an dem sie ihm nicht wegen angeblichem Grinsen im Unterricht, Unaufmerksamkeit oder Tuscheln mit dem Nachbarn einen Tadel verpasste. Ihr fiel immer etwas ein.«

»Aber warum …«, warf ich ein.

»Sie meinte, ein Junge wie er hätte auf dem Gymnasium nichts zu suchen. Sein Vater war ein einfacher Schuhmacher. Seine Mutter arbeitete bis in die Nacht als Waschfrau, nur damit Theo die Schule besuchen konnte. Sie hatten so gehofft, dass ihr Sohn es einmal besser haben würde als sie. Theo hätte es nicht übers Herz gebracht, diese Hoffnung zu enttäuschen. Du hast ja gehört, was er geschrieben hat.«

»Er b… b… beschloss, sich umzub… b… bringen«, stotterte ich. Vor Kälte schlugen meine Zähne aufeinander.

Schmitti nickte. »Davon wusste aber niemand etwas. Die letzte Schulstunde an jenem 31. Oktober war Latein. Theo hat sich immer große Mühe gegeben, nicht aufzufallen, alles richtig zu machen, aber diesmal benahm er sich absichtlich schlecht. Warf mit Papierkügelchen, kippelte …« Sie schaute mich an. »Machte also all das, was für euch ganz normal ist.«

»Mit Papierkügelchen hab ich noch nie geworfen!«, rief ich. Doch Schmitti ging nicht darauf ein, sondern sprach weiter. »Theo wusste, was für eine Strafe auf so ein Verhalten stand. Der Turm!«

»Der Turm?«

»Ja, der Schüler musste von Sonnenuntergang bis nach Mitternacht auf dem Turm stehen. Ganz oben, wo nur das niedrige Geländer ist. Wenn dann die Uhr zwölfmal schlug, dröhnte das so, dass man sich die Ohren zuhalten musste und keine Hand frei hatte, um sich irgendwo festzuhalten. Wer da nicht schwindelfrei war, hatte Pech.«

Der Boden wankte unter meinen Füßen. »Und das war erlaubt?«

»Nachdem ein Schüler nach dieser perfiden Form des Nachsitzens auf einem Ohr taub geworden war, hat der damalige Direktor diese Strafe untersagt.«

»Keine Ahnung von Zucht und Ordnung hatte er«, kreischte Hulda. »Wer die Rute spart, verdirbt das Kind!«

»Aber Hulda Stechbarth hielt sich nicht daran und schickte Theo auf den Turm. Zwei ältere Schüler brachten ihn hinauf und schlossen die Tür ab. So weit kenne ich die Geschichte von meinem Großvater. Ich denke, er wollte hinunterspringen, aber vorher schrieb er noch auf, warum.«

Jetzt verstand ich langsam. »Man hätte dann Hulda Stechbarth für seinen Tod verantwortlich gemacht. Das war seine Rache! Hat er es wirklich getan?«

»Nein, er kam am nächsten Morgen ganz normal zum Unterricht. Nur Hulda Stechbarth nicht, sie war spurlos verschwunden. Man hat nicht lange nach ihr gesucht, sie war keine beliebte Lehrerin.«

»Lüge! Verleumdung!«, schrie die Katze. »Nichts davon ist wahr!«

Mir dröhnte der Kopf. Ich hatte mich an den Schrank gelehnt, weil ich sonst wahrscheinlich umgefallen und in tausend Eisstückchen zersplittert wäre. Die Stimme der Katze, Hulda Stechbarths Stimme, schnitt in mein Ohr wie mit Messern.

»Jawohl, dieser boshafte Knabe hat es darauf angelegt, dass ich ihn bestrafe. Hat mich zur Weißglut getrieben mit seinen Widersetzlichkeiten. Ich musste ein Exempel statuieren. ›Auf den Turm mit dir, auf den Turm!‹, habe ich gerufen, aber er hat nur frech gegrinst. Das hat mir zu denken gegeben. Kurz vor Mitternacht bin ich auf den Turm gestiegen, um ihn herunterzuholen. Er hat nur gelacht und mir vorgelesen, was er in sein Lateinheft geschrieben hatte. Ich wollte es ihm entreißen. ›Das nehme ich mit in den Tod, und jeder wird wissen, was für ein Teufel Sie sind!‹, hat er gerufen und sich über das Geländer gebeugt. Ich habe versucht, ihn davon abzuhalten. Ich habe versucht, ihm das Leben zu retten, so wahr ich Hulda Stechbarth heiße!«

»Sie haben versucht, sich zu retten«, sagte Schmitti kalt.

Die Katze schüttelte den Kopf, als hätte sie was im Maul, das sie loswerden wollte. »Er hat sich gewehrt, hat sich an meinem Arm festgekrallt und gerufen: ›Mögen Sie verflucht sein, mögen Sie als Unglück bringende schwarze Katze so lange Ihr Unwesen treiben, bis ein Schüler seine Lehrerin so hasst, wie ich Sie hasse, und bereit ist, sie Ihnen zum Fraß vorzuwerfen. Hier auf diesem Turm, an diesem Tag und zu dieser Stunde!‹ Genau da schlug es Mitternacht. Ich fiel und fiel und dachte schon, mein letztes Stündlein habe geschlagen, aber ich landete wohlbehalten im Schulgarten. Auf vier Pfoten allerdings.«

Ich versuchte das alles in meinem Kopf zu ordnen, nachzuvollziehen, und erschrak. »Was soll das heißen, zum Fraß vorwerfen?« Dabei wusste ich es genau. Und Schmitti auch. Sie war zurückgewichen und presste sich an die Wand.

Die Katze stellte sich auf die Hinterbeine und wetzte genüsslich ihre Krallen an den aufgetürmten Atlanten, dabei ließ sie Schmitti nicht aus den Augen.

»Ich habe lange genug auf diesen Augenblick warten

müssen. Viel zu lange. Nachdem ich das Heft gefunden und im Schuppen versteckt habe, bin ich jeden Tag um die Schule geschlichen. Sommers wie winters. Jahraus, jahrein. Zwei Kriege hab ich überlebt und genau siebzehn Hunde. Die Hunde der Hausmeister. Einer schrecklicher als der nächste. Ich musste sehr vorsichtig sein. Hab Generationen von Schülern kommen und gehen, lachen und weinen sehen, aber nie war einer unter ihnen, der mich von meinem Fluch hätte befreien können. Und dann sah ich dich.«

»Aber woher … konnten Sie … wissen«, stammelte ich mit tauben Lippen.

»Katzen haben glücklicherweise feinere Antennen als Menschen. Ich habe gespürt, dass du deine Lehrerin hasst, abgrundtief hasst.« Ein Grollen stieg aus ihrer Kehle.

»Aber das stimmt nicht, das ist eine Lüge!«, wollte ich sagen, aber mir saß wieder dieser Kloß im Hals, der sich nicht runterschlucken ließ. Hulda Stechbarth strich um meine Beine. »Es passt perfekt. Du bist deine Mathematiklehrerin los und ich …«, die Katze machte einen Buckel, »… ich werde endlich wieder das sein, was ich immer war – die strengste, die genaueste, die großartigste Lehrerin aller Zeiten!«

Ich schielte auf meine Uhr. Es war sechs Minuten vor zwölf. Nicht mehr viel Zeit, um Schmitti in Sicherheit zu bringen. Sie war keinen Meter von mir entfernt. Vorsichtig löste ich mich vom Schrank. »Aber Sie müssten ja jetzt über hundert Jahre alt sein«, sagte ich.

»Na und? Lehrer altern nicht, ist dir das noch nie aufgefallen?«

Ich musste versuchen, sie abzulenken. »Können Sie nicht noch was auf Lateinisch sagen …« Ich machte einen kleinen Schritt in Schmittis Richtung. »Einen Spruch zum Beispiel …« Es knackte. Meine Füße waren so gefühllos, dass ich nicht leise auftreten konnte.

»Bleib, wo du bist!«, fauchte die Katze, und ehe ich begriff, was geschah, war sie auf den Stapel mit Atlanten gesprungen und hatte sich Schmitti geschnappt. Dann flitzte sie mit ihr im Maul einen schrägen Dachbalken hoch, ich hörte noch Schmittis Nieser, und die Katze war durch die Dachluke verschwunden.

Wo wollte sie mit Schmitti hin? Auf den Turm natürlich. Ich lief über den Dachboden. Meine Füße fühlten sich an, als würden sie jeden Augenblick abbrechen. Ich überlegte kurz, dass unter mir die Aula sein müsste. Vor gar nicht langer Zeit hatte ich dort gelangweilt das Gesinge des Schulchors über mich ergehen lassen und kleine Flieger aus dem Konzertprogramm gebastelt. Wenn ich da geahnt hätte …

Noch dreieinhalb Minuten! Ein Holztreppchen führte zu einer Tür. Ich fingerte den Turmschlüssel aus der Hosentasche und bekam ihn mit meinen klammen Fingern nicht ins Schloss. Endlich! Ich stürzte in einen runden, weiß gekalkten Raum. Uralte Skier standen aufgereiht an den Wänden. Ich hatte keine Zeit, zu überlegen, was die hier sollten.

Noch knapp drei Minuten. Eine gusseiserne Wendeltreppe schraubte sich nach oben. Schon auf der ersten Stufe fühlte ich den vertrauten Schwindel. Ich schloss die Augen und stieg hoch. Schritt für Schritt. Als ich die Augen wieder öffnete, stand ich auf einer Plattform vor einer Tür. Von hier musste es nach draußen zu den Uhren gehen. Gegenüber der Tür war eine Leiter, die zu einer Luke führte, daneben ein riesiger Kasten mit der Uhrmechanik. Verschieden große Zahnräder drehten sich. Ein metallisches Schnarren ertönte. Plötzlich schlug ein Hammer auf eine Metallplatte. Der erste Glockenschlag ertönte.

Wie viele Sekunden hatte ich noch? Ich griff beide Holme der Leiter und murmelte: »Du schaffst es! Du schaffst es!«

Und ich schaffte es wirklich. Ich war oben und stieß die Luke auf, da überfiel es mich mit Wucht. Ich konnte nicht weiter. Keinen Millimeter. Ich fühlte mich wie in dem Traum, in dem ich mich hatte fallen lassen. Aber wenn ich mich jetzt fallen ließ, würde ich nicht in meinem Bett aufwachen, sondern mit zerschmetterten Gliedern zwischen all den Skiern auf dem Steinfußboden liegen.

Der sechste Glockenschlag ertönte. Mit einer letzten großen Anstrengung schob ich mich durch die Luke. Der Wind riss mir den Atem aus dem Mund. Meine Augen tränten. Aber ich sah sie! Hulda Stechbarth!

Die Katze hockte auf dem Geländer, ihre Augen funkelten höhnisch. Schmitti hing leblos in ihrem Maul. War sie schon tot? Oder nur schreckensstarr wie Mäuse, die die Katze erwischt hat? Es schlug zum neunten Mal. Ich hätte mich nach vorn werfen müssen, um sie zu ergreifen. Aber dann wären wir alle drei in die Tiefe gestürzt. Was sollte ich tun? Diese Gedanken rasten in Sekundenbruchteilen durch meinen Kopf.

Der zehnte Schlag! Huldas Kiefer mahlten, gleich würde sie zubeißen, jetzt! Da ertönte Bellen. Das grässliche Bellen des grässlichsten, nein, des wunderbarsten Hundes der Welt, denn die Katze Hulda öffnete vor Schreck ihr Maul und – verschwand. Ich sah noch, wie Schmitti fiel, sich aber an einer Geländerstrebe festhalten konnte – und dann war auch schon Boss über mir. Die Turmuhr schlug zwölf Mal.

»Sie müssen Sie retten!«, schrie ich Michalski entgegen, dessen Kopf nun in der Luke auftauchte. »Sie ist doch nicht schwindelfrei.«

Boss hatte seine beiden Vorderpfoten auf meine Schultern gestemmt, sein Kopf schwebte über mir, er hechelte wie ein Jagdhund, der Beute gemacht hat, und sein widerlicher Speichel tropfte in mein Gesicht. Da riss ihn Michalski am Halsband zurück. Ich wollte zum Geländer, um Schmitti in Sicherheit zu bringen, aber Michalski hielt mich fest.

»Bist du lebensmüde, Junge?«

»Frau Schmitt-Gössenwein!«, schrie ich verzweifelt. »Sie hängt da, am Geländer!«

Eben meinte ich sie noch gesehen zu haben, aber nun war der Mond hinter einer Wolke verschwunden.

Ich konnte mich noch so heftig wehren – und ehrlich gesagt, so viel Kraft hatte ich auch nicht mehr –, Michalski bugsierte mich irgendwie die Leiter hinunter, auf der letzten Sprosse stolperte ich, fiel und fiel … ich hörte überhaupt nicht mehr auf zu fallen. Ich fiel in ein riesiges schwarzes Loch.

Samstag, 2. November

Als ich zu mir kam, lag ich im Bett. In meinem Bett in Nummer eins. Ich schlief ein und wachte auf, um gleich wieder zu schlafen. Mir war heiß. Meine Haare klebten an der Stirn. Ich hatte Schmerzen beim Schlucken. Meine Mutter brachte mir Tee. Salbeitee.

»Stell bitte Schmitti einen Fingerhut mit Tee in den Hamsterkäfig«, sagte ich zu ihr. »Sie hat bestimmt Durst.«

»Er fantasiert noch immer«, sagte meine Mutter zu jemandem. »Das Fieber müsste doch langsam wieder runtergehen«, erwiderte eine Stimme. Es klang wie die Stimme meines Vaters, aber wahrscheinlich träumte ich das nur.

Und ich träumte viel. Von schwarzen Katzen, die sich auf mich stürzten, und von riesigen Turmuhren, deren Zeiger sich immer schneller drehten.

Als ich richtig wach wurde, war es dunkel. Dunkel und ganz still. »Schmitti«, flüsterte ich. »Frau Schmitt-Gössenwein, wo sind Sie?« Niemand antwortete. Und dann fiel mir alles ein. Der Turm, die Katze, Schmitti, die sich mit angstverzerrtem Gesicht ans Geländer klammerte. Aber was war dann passiert?

Die Tür ging auf, meine Mutter machte das Licht an.

»Geht es dir besser? Hast du Hunger?«

»Wie bin ich in mein Bett gekommen?«

Meine Mutter setzte sich zu mir aufs Bett und nahm meine Hand. »Du hast uns in Angst und Schrecken versetzt.«

Ich hörte nur das *uns.* Wen mochte sie damit meinen? Sie und … Papa? Mir wurde noch heißer.

»Der Schulhausmeister hat dich Donnerstagnacht auf dem Turm gefunden. Mit fast vierzig Fieber. Was hast du nur da oben gemacht? Herr Michalski meinte, es sei eine Mutprobe gewesen, ein Halloween-Streich.«

»Ich wollte Schmitti zurückverwandeln, meine Mathelehrerin. Dazu musste ich um Mitternacht auf dem Turm sein. Ich hab sie nämlich verzaubert, nein, nicht ich, es war in Wirklichkeit die Katze, ich meine Hulda Stechbarth, sie wollte sie fressen …« Ich brach ab.

Meine Mutter sah mich mitleidig an. Wahrscheinlich glaubte sie, ich spräche noch im Fieber. Sie strich mir die Haare aus dem Gesicht. »Dieser schrecklich hässliche Hund hat dir die Schminke vom Gesicht geleckt«, sagte sie. »Aber das war gut. So hat Herr Michalski dich erkannt. Er hatte dich mal zusammen mit Ella gesehen, der Tochter von seinem Zahnarzt. Na, jedenfalls wurde ich dann benachrichtigt, hab mir ein Taxi genommen und dich abgeholt. Erinnerst du dich nicht mehr?«

Ich schüttelte den Kopf.

Sie lächelte. »Dabei war es fast komisch. Du lagst in der Hausmeisterwohnung auf dem Sofa, neben dir saß der Hund und leckte deine Hand. Der wollte mich gar nicht an dich ranlassen. Er hat anscheinend geglaubt, du gehörst jetzt ihm.«

Ich bei Michalski auf dem Sofa! Was für eine absurde Vorstellung.

»Deine Freundin Ella hat auch schon ein paarmal angerufen«, sagte meine Mutter. »Du kannst dich ja bei ihr melden, wenn's dir besser geht.«

Und Papa?, wollte ich fragen. Hat der auch schon angerufen? Aber ich traute mich nicht. Ich wollte nicht sehen müssen, wie ihr Gesicht wieder diesen bestimmten Ausdruck annahm. Also fragte ich nur: »Welcher Tag ist heute?«

»Samstag. Du hast fast achtundvierzig Stunden geschlafen.« Sie erhob sich. »Ich mache dir jetzt eine heiße Bouillon mit Ei. Was hältst du davon?«

Ich hielt sehr viel davon. Aber erst sollte ich einen widerlichen rosa Saft trinken.

»Du hast Scharlach, sagt der Arzt. Aber mit dem Antibiotikum müsste es dir schnell besser gehen.«

»Der Saft ist eklig.«

»Trink!«

Ich war zu erschöpft, um mich zu wehren.

»Nun hast du gar nichts von deinen Ferien gehabt«, sagte meine Mutter, als sie mir die Fleischbrühe brachte. »Du musst das ja schon länger ausgebrütet haben. Gefallen hast du mir in der letzten Zeit nämlich gar nicht, und dann dieses ständige Gurgeln mit Salbeitee. Es muss dir wirklich schlecht gegangen sein.«

Ich nahm einen Löffel heiße Brühe. »Der Salbeitee war für Schmitti. Und ich war auch nicht krank, Mama, ich war nur so durcheinander. Wegen Frau Schmitt-Gössenwein. Weil ich nicht wusste, wie ich sie wieder zurückverwandeln sollte, verstehst du das nicht? Sie war doch nur so groß.« Ich spreizte zwei Finger. »Und sie ist in meinem Bugatti gefahren und im Ballon und … jetzt weiß ich nicht, was aus ihr geworden ist.«

Meine Mutter fühlte zum hundertsten Mal meine Stirn. »Wir messen noch einmal Fieber und dann schläfst du. Schlaf ist das beste Heilmittel.«

Sonntag, 3. November

Am Sonntag hatte ich fast kein Fieber mehr. Aber ich fühlte mich noch so schwach, dass ich froh war, im Bett frühstücken zu können. Ich ertappte mich dabei, wie ich mein Brot zerpflückte und den Käse in Würfelchen schnitt. Für Schmitti. Aber sie war ja nicht mehr da. Ob Hulda Stechbarth sie doch noch gefressen hatte? Wäre ich nur schneller gewesen, dann hätte ich sie vielleicht retten können. Dieser Gedanke kreiste mir ständig im Kopf herum. Wie auch immer, ich konnte ihr nicht mehr helfen. Es war zu spät.

Ich sah zu meiner Burg hinauf, auf der sie immer gesessen hatte, und erwartete fast, sie zu sehen. Hörte ihre barsche Stimme. Ich hätte nicht sagen können, ob sie mir nun, nach den sechs Tagen, die ich mit ihr zusammen verbracht hatte, ans Herz gewachsen war. Ich war noch nicht einmal sicher, ob ich sie jetzt mochte. Sie tat mir leid. Wer mit einem Großvater in so einer gruftartigen Wohnung aufgewachsen war, hatte bestimmt kein sehr lustiges Leben gehabt.

Am Vormittag klingelte es. Ich hoffte, es war nicht wieder Herr Hühnerkopf, der irgendwas reparieren wollte. Ich hörte meine Mutter mit jemandem sprechen. Dann ging die Tür auf.

»Papa!«, rief ich.

»Hallo, mein Großer. Was machst du denn für Sachen?«

»Woher weißt du …«

»Deine Mutter hat mich noch in derselben Nacht angerufen. Und ich war jeden Tag hier, um zu schauen, wie's dir geht. Besser, wie mir scheint.«

Ich fühlte, wie plötzlich alle Müdigkeit und Erschöpfung von mir abfielen. Meine Eltern sprachen miteinander!

»Mir geht's gut«, sagte ich. »Richtig gut!«

Mein Vater zog den Schreibtischstuhl an mein Bett und sah sich in meinem Zimmer um. »Hübsch hast du's hier. Gemütlich.« Sein Blick fiel auf den Hamsterkäfig. »Den hast du noch? Und das Schloss, das ich dir für Hannibal gebaut habe?«

»Natürlich, die Sachen schmeiße ich auch nicht weg.«

»Möchtest du denn einen neuen Hamster? Zu Weihnachten vielleicht?«

»Wir dürfen keine Hamster haben. Der Hühnerkopf, also der Hausbesitzer, hat's verboten.«

»War das dieser Typ, dem ich auf der Treppe begegnet bin? Dick, mit Halbglatze?«

Ich nickte.

»Ziemlich neugierig, der Mann. Hat gefragt, ob ich zu Frau Vorndran will.«

»Und was hast du gesagt?«

»Ich hab gesagt, dass er mich eigentlich kennen müsste, da ich jeden Tag komme!«, sagte mein Vater lachend.

»Super! Der denkt jetzt bestimmt, du bist Mamas neuer Freund, und lungert nicht länger bei uns rum.«

Mein Vater wurde ernst. »Deine Mutter und ich … wir haben viele Fehler gemacht.«

Mein Herz schlug schneller. Was wollte er mir sagen? Dass sie wieder ein Paar waren? Dass wir wieder alle zusammenleben würden?

»Der größte Fehler war, dass wir uns nicht viel eher getrennt haben, denn dann hätten wir das vielleicht mit mehr Anstand über die Bühne gebracht als jetzt. So hatte sich einfach zu viel Frust und Ärger aufgestaut.«

»Und jetzt?«, fragte ich leise.

»Jetzt werden wir uns beide bemühen, dass es nie wieder so weit kommt, dass wir noch nicht einmal mehr miteinander sprechen können.« Er grinste. »Du hast das ja auch raffiniert ausgenutzt, indem du Mama erzählt hast, du wärst an dem Donnerstag über Nacht bei mir.«

»Das war eine Notlüge«, sagte ich.

»Ich hab übrigens was für dich«, sagte mein Vater und zog etwas Rotes aus einer Tüte.

»Der Bugatti!«, rief ich. »Du hast ihn repariert?«

»War gar nicht einfach. Vor allem der Scheinwerfer ist immer wieder abgefallen. Wie ist das denn passiert?«

»Schmitti ist mit ihm gegen die Wand –« Weiter kam ich nicht. Meine Mutter streckte den Kopf zur Tür rein. »Möchtet ihr Tee?« Mit einem Blick auf meinen Vater sagte sie: »Möchtest du Kaffee?«

»Ich kann auch Tee trinken«, sagte mein Vater. »Mach dir keine Umstände.«

»Und ich kann auch Kaffee trinken, kein Problem«, sagte meine Mutter.

»Ich will weder Kaffee noch Tee, ich will eine heiße Schokolade«, sagte ich schnell.

Am Nachmittag durfte ich aufstehen. Ich ging zu meiner Mutter ins Arbeitszimmer und hockte mich in den Ohrensessel.

»Meinst du, du kannst morgen in die Schule?«, fragte meine Mutter und tippte etwas in den Computer. »Vielleicht solltest du dich noch ein wenig schonen.«

»Ich muss«, sagte ich. »Wir haben erste Stunde Mathe und …«

Sie unterbrach mich, ohne die Augen vom Bildschirm zu nehmen. »Ich hab es deinem Vater übrigens erzählt, das mit der Sechs in der Arbeit. Er hat ein ganz schlechtes Gewissen, weil er dich so unter Druck gesetzt hat, und er will mal mit deiner Mathelehrerin reden.«

»Das geht nicht, sie ist verschwunden, vielleicht sogar tot, und ich bin schuld!«

Jetzt drehte sie sich zu mir um. »Felix, was soll das?«

»Bitte, Mama!«, flehte ich. »Hör mir zu und unterbrich mich nicht. Bitte!«

Und dann erzählte ich ihr alles. Von Anfang an.

Meine Mutter unterbrach mich nicht. Sie hörte mir zu. Und glaubte mir immer noch kein Wort.

»Ich kann auch nicht bauchreden. Das war jedes Mal sie!«, beendete ich schließlich meine Geschichte.

Meine Mutter bewegte die Finger der rechten Hand und der Schatten eines Fuchses erschien hinter ihr an der Wand.

»Guten Abend, guten Abend. So schwer ist bauchreden ja nun auch nicht, wie du siehst«, quäkte der Fuchs. Meine Mutter lachte. »Ich hab vor dem Spiegel geübt.«

»Komm mit in mein Zimmer, Mama. Im Hamsterkäfig müssen Spuren von ihr sein. Sie hat da nämlich geschlafen. Im Hamsterschloss.«

Im Käfig lag umgekippt der Fingerhut, in dem ich ihr immer Tee gebracht hatte, und der Kronkorken, ebenfalls leer. Dabei hatten am Halloween-Abend, bevor ich mich mit ihr auf den Weg zur Schule gemacht hatte, noch Käsestückchen darin gelegen. Aber Schmitti hatte keinen Hunger gehabt. Sie war genauso aufgeregt gewesen wie ich. Ich schluckte, als ich daran dachte.

Und dann lag da noch etwas, aber ich bezweifelte, dass es von Schmitti stammte. Eine Art schwarze Reiskörner.

Meine Mutter pfiff leise durch die Zähne. Dann lüftete

sie vorsichtig das Hamsterschloss. Ganz vorsichtig. Etwas bewegte sich darin. Etwas Graues.

»Schmitti!«, rief ich laut. Das graue Etwas huschte aus dem Haus. Drehte sich ein paarmal um sich selbst und presste sich dann ängstlich in eine Ecke, als meine Mutter die Käfigtür schloss. »Das ist also Schmitti!«, sagte sie. »Eine Maus.«

Sie hob das Hamsterschloss nun ganz hoch. »Und nett hast du's ihr gemacht. Dafür hast du also das Puppenbett gebraucht.«

Ich machte den Mund auf und wieder zu. Was hätte ich noch sagen können?

»Glaubst du, die Maus hätte ihr Bett so ordentlich gemacht?«, war das Einzige, das mir schließlich einfiel.

Meine Mutter nahm es heraus. »Ich glaube nicht, dass sie darin geschlafen hat. Und gelesen hat sie wahrscheinlich auch nicht.« Sie griff nach dem kleinen Buch, das neben dem Bett lag. Sie schüttelte den Kopf. »Es sei denn, es ist eine frivole kleine Maus.«

»Frivol? Was meinst du damit?«

»Nun, in Boccaccios Geschichten geht es ausschließlich um Liebe, man könnte auch sagen, um Sex.«

Ich wurde bestimmt knallrot. So etwas hatte ich Schmitti zu lesen gegeben. Wie peinlich!

Die Maus zitterte am ganzen Leib. »Armes Mäuschen«, sagte meine Mutter.

»Sie hat den Angriff von Mister Ratkill überlebt«, sagte ich.

Meine Mutter strich mir über den Kopf. »Du hast sie retten wollen, nicht wahr? Das verstehe ich. Wenn ich sie jetzt so sehe, finde ich sie ja ganz niedlich. Sie kommt mir auch viel kleiner vor als die Maus, die mir neulich über die Füße gelaufen ist.«

»Vielleicht ist es ja eine andere, vielleicht das Kind von der großen.«

»Eine arme, verwaiste, kleine Maus.«

Beide sahen wir auf die Maus, deren Barthaare vibrierten. Sie bewegte die winzigen Ohren, als wollte sie keins unserer Worte verpassen.

»Möchtest du sie behalten?«, flüsterte meine Mutter.

»Der Hühnerkopf hat's doch verboten«, flüsterte ich zurück.

»Im Mietvertrag steht nur was von Katzen, Hunden, Hamstern, Kaninchen und Meerschweinchen. Mäuse sind nicht erwähnt.«

»Na dann …«

»Wenn er die Maus sieht, gibt's natürlich Ärger«, sagte meine Mutter in normaler Lautstärke.

»Ich glaube nicht, dass er in Zukunft so oft hier auftauchen wird«, sagte ich. »Er hält Papa nämlich für deinen neuen Freund.«

»Das ist mal ein guter Witz«, sagte meine Mutter.

Aber sie lachte nicht.

In diesem Moment klingelte es. »Und wenn er das jetzt ist?«, fragte ich.

»Wer? Der Hühnerkopf oder Papa?«

Aber es war weder der eine noch der andere.

»Hallo, Ella«, sagte ich. Etwas verlegen stand sie in der Tür. »Ich wollte eigentlich nur mal fragen, wie's dir geht.«

»Komm rein«, sagte meine Mutter.

Ella und ich gingen in mein Zimmer. Ich setzte mich auf mein Bett und sie sich auf den Schreibtischstuhl. Ihr Blick fiel in meinen Hamsterkäfig. Die Maus hatte sich beruhigt, lief neugierig schnuppernd herum. Schnüffelte am Hamsterrad, wusste aber offensichtlich nichts damit anzufangen.

»Du hast eine Maus? Ist die aber süß. Na, jetzt verstehe ich, wieso du die Katze eurer Nachbarin nicht hier hüten konntest.«

»Katze unserer Nachbarin?«, fragte ich dumm.

Ella sah mich erstaunt an.

»Ach so, natürlich. Aber weißt du, die Katze war eigentlich keine Katze, sie war eine verzauberte …«

Ella lachte. »Eine verzauberte Prinzessin, und du hast sie an Halloween erlöst, und deswegen musstest du um Mitternacht auf den Turm steigen. Ach, Felix. Mir musst du nichts erzählen. Ich weiß, was der Grund war. Wir alle wissen es.«

Ich verstand kein Wort.

»Mario«, sagte Ella. »Er hat dich doch immer fertiggemacht, von wegen, du wärst ein Feigling. Hat er selbst zugegeben. Und er findet es toll, dass du den Mut hattest, Michalski den Schlüssel zu klauen und auf den Turm zu steigen. Das hat dir echt keiner zugetraut.«

Ich dachte nach. Sollte ich Ella die Wahrheit erzählen? Sie saß da, wippte auf dem Stuhl vor und zurück und lächelte mich an. Fast bewundernd, wie mir schien. Ich seufzte. Es hatte keinen Zweck. Sie würde mir genauso wenig glauben wie meine Mutter. Warum bloß hatte ich ihr Schmitti nicht gezeigt? Ein Griff in meine Jackentasche und Ella wären vor Staunen die Augen aus dem Kopf gefallen. Aber jetzt? Jetzt würde sie mich für einen Spinner halten oder Schlimmeres. Es gab schließlich keinen einzigen Beweis.

Ella nahm meinen Bugatti aus dem Regal und ließ ihn über den Schreibtisch rollen. »Schick. In so einem Auto möchte ich mal in echt sitzen.«

Sie öffnete die Tür. »Die Sitze sind ja toll. Und das Lenkrad kann man richtig drehen!«

»Du interessierst dich für Autos?«, fragte ich erstaunt.

»Nur für Oldtimer«, sagte sie. »Mein Vater sammelt auch welche. Aber die hat er leider alle in der Praxis. In seinem Behandlungszimmer. Wenn du da im Stuhl sitzt, kannst du sie alle aufgereiht sehen. Siebenundzwanzig Stück. Er meint, das lenkt die Patienten von ihren Zahnschmerzen ab. Einmal hat er sich von einem Patienten einen alten Citroën ausgeliehen, Baujahr 1951. Mit dem sind wir beide durch die Stadt gefahren. Nur er und ich. Es war toll!«

Es lag mir auf der Zunge, zu erzählen, wie Schmitti in dem Bugatti durch mein Zimmer gesaust war, aber inzwischen kam mir selbst alles so unwirklich vor.

»Und du kannst dich an nichts mehr erinnern?«, fragte Ella. »Wie es war, als Michalski dich da runtergeholt hat?«

Ich schüttelte den Kopf. »Das Einzige, was ich noch weiß, ist, dass Boss mir das Gesicht abgeleckt hat.«

»Igitt!«, schrie Ella. »Da wäre ich vor Schreck aber auch ohnmächtig geworden.«

Sie stand auf. »Ich muss jetzt gehen. Kommst du morgen zur Schule?«

»Ich glaub schon.«

»Fängt ja gleich gut an«, sagte Ella. »Erste Stunde Mathe.«

»Vielleicht fällt's aus«, sagte ich.

»Das glaubst du doch nicht im Ernst. Die Schmitt-Gössenwein war noch nicht einen Tag krank. Nicht, solange ich denken kann.«

Den Rest des Tages lag ich auf dem Sofa und schaute fern. Aber ich konnte mich nicht richtig konzentrieren, weil ich die ganze Zeit über die vielen verpassten Chancen nachdenken musste. Warum hatte ich Schmitti nur nie jemandem gezeigt? Sie hatte es nicht gewollt, das stimmte, aber jetzt würde mir kein Mensch mehr glauben, oder doch?

»Hast du meinen Ohrclip gesehen?«, fragte meine Mutter. »Den mit der Perle.«

Sie kniete sich hin und guckte unter das Sofa. »Stehst du mal auf?«

Wir rückten das Sofa beiseite. Kein Ohrclip. Auch kein Staub. Das war ungewöhnlich.

»Als du krank warst, hab ich alles gesaugt«, sagte sie.

»Dann hast du ihn wahrscheinlich weggesaugt«, sagte ich.

Meine Mutter breitete Zeitungen auf dem Küchenfußboden aus und wir leerten den Staubsaugerbeutel. Außer Staub kam alles Mögliche zum Vorschein: mein Lieblingsbleistift, der zwar schon etwas kurz, aber noch gut zu gebrauchen war, jede Menge Büroklammern, eine funkelnagelneue Briefmarke, abgebrochene Spaghetti und ...

»Da ist er ja!«, rief meine Mutter erfreut, als sie etwas Glänzendes entdeckte. Sie pustete den Dreck weg und wischte die Perle mit ihrem Ärmel sauber. Als wir den Rest in eine Mülltüte kippen wollten, entdeckte ich etwas. Ein kleines braunes Rechteck aus Leder.

»Schmittis Aktentasche«, murmelte ich. Sie war es wirklich. Nicht viel größer als die Briefmarke, aber komplett mit Schloss und Schulterriemen.

Wortlos hielt ich sie meiner Mutter hin, die sich ihren Ohrclip ans Ohr klemmte. Sie sah mich fragend an.

»Das ist der Beweis. Die Aktentasche gehörte Frau Schmitt-Gössenwein und ist mit ihr geschrumpft. Wenn du sie aufmachst, findest du ein Schlüsselbund und ein Mathebuch.«

»Sie lässt sich nicht öffnen«, sagte meine Mutter.

Ich versuchte es, aber entweder waren meine Finger zu dick, oder sie hatte recht.

»Es ist gar kein richtiger Verschluss. Als Kind habe ich mir immer ausgemalt, was Geheimnisvolles darin sein könnte. Beinahe hätte ich sie mal aufgeschnitten. Wahrscheinlich wäre nur ein Stückchen Pappe zum Vorschein gekommen.«

Ich sah meine Mutter verständnislos an.

»Die Mappe gehört zu dem Vater aus meinem alten Puppenhaus«, sagte sie. »Du hast doch neulich in der Kiste mit den Puppenhaussachen gekramt und das Bett herausgeholt. Dabei muss sie rausgefallen sein. Ich bin froh, dass du sie gefunden hast.«

Sie stopfte die Plastiktüte mit dem Staubsaugerinhalt in den Mülleimer. »Solche Fieberträume verfolgen einen manchmal noch Tage«, sagte sie.

Montag, 4. November

Am Montagmorgen fühlte ich mich hundeelend.

»Du musst nicht gehen, wenn du dich nicht wohlfühlst«, sagte meine Mutter. »Mir wäre es sowieso viel lieber, wenn du zu Hause bliebst und dich noch ein wenig schontest.«

»Nein, nein, es ist schon okay.«

»Dein Vater kommt um zehn.«

»Papa?«, fragte ich erstaunt.

»Ja, er richtet mir einen Internetanschluss ein.« Meine Mutter grinste. »Das nächste Buch meiner Lieblingsautorin heißt *König der Wüste*. Es geht um einen Löwen.«

»Aber in der Wüste leben keine Löwen«, sagte ich.

»Eben drum.«

An diesem Morgen trödelte ich nicht. Dabei hätte ich mich gar nicht beeilen müssen. Die Mathestunde würde eh ausfallen.

Vor dem Schultor stand Michalski. Neben ihm saß Boss.

»Na, wieder gesund?«, fragte er, als ich näher kam.

»Ja. Und danke, dass Sie meine Mutter geholt haben, das war wirklich …«

Weiter kam ich nicht, denn Boss hatte sich losgerissen und stürmte auf mich zu. Er sprang an mir hoch, stemmte mir seine Pfoten auf die Brust und hechelte freudig.

»Bitte nicht wieder das Gesicht ablecken!«, rief ich.

»Aus! Boss, aus!«, brüllte Michalski und riss den Hund am Halsband zurück. »Tja, der hat jetzt einen Narren an dir gefressen«, sagte er. »Hat auch sein Gutes, sobald dir nämlich einer komisch kommt, ist Boss zur Stelle und verteidigt dich bis aufs Blut. So sind Bulldoggen.«

»Aha«, sagte ich nur und klopfte mir den Dreck von der Jacke. »Ich werde dann mal.«

Michalski hielt mich am Ärmel fest. »Ich hab dem Direktor deinen Namen nicht verraten. Er weiß nur, dass jemand aus eurer Klasse auf dem Turm war.«

»Danke«, sagte ich und ging.

»Ich war nämlich auch mal jung!«, rief mir Michalski hinterher.

Das konnte ich mir allerdings kaum vorstellen, aber es war nett von ihm, mich nicht zu verpetzen. Dabei würde ich dem Direktor sowieso alles erzählen müssen. Warum Schmitti verschwunden war und welche Rolle ich dabei spielte.

Mario, Robert, Jasmin und noch ein paar aus meiner Klasse standen am Eingang. Hatten sie auf mich gewartet?

Mario schlug mir auf die Schulter. »Echt spitze, Mann. Wie du den Michalski reingelegt hast, einfach klasse. Du hättest uns aber schon verraten können, was du vorhast.«

»Genau«, sagte Robert. »Ich bin gerannt wie blöd und hab dabei meine Luftpumpe verloren.«

Das stimmte. Die Luftpumpe, die er jetzt in der Hand hielt, sah neu aus.

»Ist es wahr, dass Boss dich beinah zerfleischt hätte?«, fragte Jasmin.

»Quatsch«, sagte Mario. »Hast du nicht gesehen, wie er Felix umarmt hat?«

»Genau, er hat dich richtig ins Herz geschlossen«, sagte Robert.

»Der Köter ist nicht nur hässlich, sondern auch schwul«, sagte Mario und lachte dröhnend.

Es klingelte und mein Herz schlug schneller. Ich bemühte mich, eine möglichst unbeteiligte Miene aufzusetzen, als ich zu meinem Platz ging. Aber ich wusste nicht, ob mir das gelang.

Die Klassentür öffnete sich und herein kam … Herr Klingbeil, unser Direktor. Meine Hände zitterten so, dass ich sie vom Tisch nahm und zwischen meine Oberschenkel klemmte.

»Ich weiß, ihr hättet jetzt eigentlich Mathematik, aber ein ernster Anlass zwingt mich, euch etwas mitzuteilen.«

Ich wusste, was jetzt kam.

»Mir sind Gerüchte zu Ohren gekommen, dass sich an Halloween Schüler dieser Klasse einen Dumme-Jungen-Streich geleistet haben, der leicht, sehr leicht hätte ins Auge gehen können. Leider hat Herr Michalski mir keine genaue Beschreibung der Täter geben können, ihr wart ja alle verkleidet.«

Klingbeil ließ seinen Blick forschend von einem zum anderen wandern. »Um in Zukunft Derartiges zu verhindern, wird ein neues Schloss in die Tür zum Turm eingebaut, dessen Schlüssel ganz allein ich in Verwahrung nehme.«

Mario zwinkerte mir verschwörerisch zu.

»Ich weiß, es sind nicht alle, aber einige ...«, tönte der Direktor weiter. Ich wartete die ganze Zeit darauf, dass er uns sagen würde, dass unsere Mathematiklehrerin leider nicht erschienen sei. Aber er erzählte nur das, was er schon zu Beginn des neuen Schuljahres erzählt hatte.

»... Schüler des Kaiser-Wilhelm-Gymnasiums zu sein, sich einzureihen in eine über hundert Jahre alte Tradition, das, meine lieben Schüler, ist nicht nur eine Ehre und Auszeichnung, sondern auch eine Verpflichtung. Ihr habt eine Vorbildfunktion, auch wenn euch das jetzt noch nicht klar ist, so werdet ihr später, wenn ihr eure Schullaufbahn hoffentlich erfolgreich ...«

»Blablabla«, machte Ella neben mir. »Immer der gleiche Scheißendreck. Kann der nicht mal 'ne neue Platte auflegen?«

Von draußen war ein Hüsteln zu hören.

Der Direktor schaute zur Tür. »Gleich, werte Kollegin, ich bin gleich fertig.« Dann fixierte er wieder uns. »Nun, ich werde in diesem Fall noch einmal Gnade vor Recht ergehen lassen und von einer genaueren Untersuchung absehen. Herr Michalski konnte ja glücklicherweise das Schlimmste verhüten. Aber ich sage euch, sollte ich noch einmal von derartigen Vorfällen Kenntnis erhalten, dann …« Er nickte wichtig mit dem Kopf und ging zur Tür. »Und nun erwarte ich eure volle Aufmerksamkeit für den Mathematikunterricht.«

Ich schluckte. Meine Kehle war vor Aufregung ganz trocken. Und dann trat sie ein. Mit diesem energischen Schritt wie immer und auch genauso groß wie immer. Frau Schmitt-Gössenwein! Frisur, Brille, spitze Nase, alles wie gehabt. Das Kostüm war nicht grau, sondern braun, sah aber genauso aus wie alle ihre Kostüme. Etwas jedoch war neu.

»Guck mal, die Tasche!«, zischte Ella. »Die sieht ja scharf aus.«

Frau Schmitt-Gössenwein trug eine neue Aktentasche über der Schulter. Sie war knallrot.

Die ganze Stunde über starrte ich sie an, Schmitti natürlich, nicht die Aktentasche. Immer hoffte ich, sie würde mir irgendein Zeichen geben, ein vertrauliches Zwinkern, ein Lächeln in meine Richtung. Nichts. Kein Zwinkern, kein Lächeln, kein Garnichts. Sie war wie immer. Bis auf den kleinen Zwischenfall.

Als sie sich an die Tafel stellte und eine Aufgabe anschrieb, zog Mario einen Gegenstand aus der Tasche. Ich konnte erst nicht erkennen, was es war. Irgendetwas zum Aufziehen. Ein paarmal drehte er den Schlüssel herum und dann setzte er das Ding auf den Boden. Eine Maus! Eine graue Maus, die wie von der Tarantel gestochen nach vorn zur Tafel flitzte, Schmitti genau vor die Füße. Die kreischte auf, ließ die Kreide fallen und sprang – ziemlich elegant übrigens, das Klettertraining bei mir schien was genützt zu haben – auf ihren Stuhl.

Als sie erkannte, was sich da im Kreis drehte, stieg sie wieder runter, hob die Maus auf und betrachtete sie. »Ich vermute mal, dass keinem von euch diese Maus gehört, nicht wahr?«

Alles schwieg.

»Nun, dann gehört sie ab jetzt mir.« Sie zog sie auf und setzte sie auf den Boden. »Bei wem die Maus stehen bleibt, der kommt an die Tafel.«

Gespannt sahen wir nach unten. Die Maus prallte an Jasmins Tischbein ab, sauste den Gang runter, schlug einen Haken und blieb genau vor Mario stehen.

Mit hochrotem Kopf stand Mario auf und ging nach vorn. Dass er sich beim Rechnen bis auf die Knochen blamierte, muss wohl nicht extra gesagt werden.

Schmitti hatte sich verändert. Vor den Ferien hätte sie den Direktor geholt, jeden ins Klassenbuch eingetragen, uns doppelt so viele Hausaufgaben aufgebrummt, irgendetwas in der Art. Nie hätte sie so gelassen reagiert.

»Cool«, sagte Ella neben mir.

Da konnte ich ihr nur zustimmen.

Als es endlich läutete, hielt ich es nicht mehr aus und lief zum Pult. Schmitti kritzelte etwas ins Klassenbuch.

»Geht's schon wieder um deine Mathearbeit?«, fragte sie, ohne mich anzusehen. »Vergiss es. Die Arbeit wird wiederholt.«

»Vielen Dank, aber … wie kommen Sie …«, stammelte ich.

»Bedank dich nicht bei mir, sondern beim Direktor. Er meint, wenn der Schnitt schlechter ist als vier, besteht Übungsbedarf.« Sie schnaubte. »Der hat ja keine Ahnung, mit was für ignoranten Schülern ich mich hier tagaus, tagein abplagen muss.«

Das Letzte hatte sie zu sich selbst gesprochen. Jetzt sah sie mich an. »Ist noch was?«

»Es tut mir leid, dass ich neulich Nacht nicht schnell genug war. Wie sind Sie vom Turm gekommen? Ich dachte schon, Sie seien abgestürzt. Was ist mit Hulda Stechbarth geschehen?«, stieß ich hervor.

Sie sah mich an, als hätte ich den Verstand verloren.

»Felix Vorndran! Ich habe keine Ahnung, wovon du sprichst. Und mein Bedarf an Späßen ist für heute gedeckt.«

Ich starrte auf ihre Nase. Jetzt, aus der Nähe, sah ich einen verheilten Kratzer. Sie senkte schnell den Kopf und schlug das Klassenbuch zu. Es hätte auch ein Schatten sein können.

»Und das hier?« Ich hielt ihr die winzige Aktentasche hin. »Die gehört Ihnen. Sie war bei uns im Staubsaugerbeutel.«

Ohne mich anzusehen, nahm Schmitti die Tasche und steckte sie zusammen mit der Aufziehmaus in ihre Mappe. »Langsam hab ich eine ganze Spielzeugsammlung. Und nun raus mit dir.«

Ich war völlig durcheinander. Hatte ich am Ende wirklich alles nur geträumt? Aber schließlich hatte ich fast eine Woche mit ihr verbracht. So lange Träume gab es doch gar nicht.

Nach der Erdkundestunde hatten wir große Pause. Ich ging nicht mit den anderen auf den Hof, sondern zum Schulsekretariat.

Die Sekretärin war schon älter, zog sich aber immer sehr auffallend an. Heute trug sie einen kurzen Jeansrock und dazu einen rosa Glitzerpullover. Das Rosa tat richtig in den Augen weh.

»Gibt es irgendwo eine Liste, wo draufsteht, welche Lehrer am Kaiser-Wilhelm unterrichtet haben?«, fragte ich.

»Nein«, sagte sie und tippte weiter. Sie benutzte keinen PC, sondern eine elektrische Schreibmaschine, die laut brummte.

»Ich meine früher. So vor hundert Jahren.«

Sie stöhnte auf, erhob sich, zupfte an ihrem Rock, was völlig sinnlos war, und wühlte in einem Regal herum.

»Es gibt nur unsere Schulchronik zum hundertsten Jubiläum.« Sie knallte mir eine Broschüre hin. Unter einem Foto vom Turm stand in goldenen Buchstaben: *Festschrift zum hundertsten Bestehen des Kaiser-Wilhelm-Gymnasiums.*

Ich griff danach. Die Sekretärin hielt meine Hand fest. »Fünfzehn Euro.«

»So viel hab ich nicht dabei«, sagte ich. »Darf ich nur mal reinschauen?«

Sie ließ los. »Aber nur kurz.«

Auf der ersten Seite war ein Foto von Klingbeil mit einem Text darunter, von dem ich nur die Worte *Ehre* und *Verpflichtung* lesen musste, um schnell weiterzublättern. Es folgte ein Bild der Schule kurz nach der Eröffnung. Jungs in kurzen Hosen strömten auf das Schultor zu. Mädchen waren keine zu sehen. Dann ein Foto der Abiturklasse von 1912. Auch hier alles Jungs beziehungsweise bärtige Männer.

Auf der nächsten Seite fand ich ein Gruppenfoto. *Kollegium von 1913* stand darunter. Acht Männer und eine Frau. Die Frau hatte streng gescheiteltes Haar, einen Kneifer auf der Nase und trug eine hochgeschlossene Bluse. Der Mund war nur ein Strich. Sie sah Angst einflößend aus. Ich suchte nach dem Namen. Von links nach rechts: Studienassessor Wilhelmi … da, da war sie. *Hulda Stechbarth!*

Ich konnte unmöglich einen Namen geträumt haben, von dem ich vorher noch nie etwas gehört hatte, den es aber wirklich gab!

Die Sekretärin räusperte sich ungeduldig. Ich blätterte schnell weiter, aber der Name Hulda Stechbarth tauchte nicht mehr auf. Dafür stieß ich auf einen anderen: *Schmitt-Gössenwein.* Doch das Foto darüber zeigte nicht Schmitti, sondern einen ernst dreinblickenden Herrn mit Vollbart, der eine goldene Vierzig in der Hand hielt.

Oberstudiendirektor Schmitt-Gössenwein anlässlich seines vierzigsten Dienstjubiläums am 19. Mai 1964 stand unter dem leicht verblichenen Farbfoto.

Das also war Schmittis Opa. Er hatte die gleiche spitze Nase wie sie. Auch das stimmte also. Er war Lehrer an dieser Schule gewesen, warum nicht auch Schüler.

Es klingelte.

»So, jetzt hast du's ja wohl genug angestarrt«, sagte die Sekretärin und riss mir die Broschüre aus der Hand. Ein klein wenig freundlicher fügte sie hinzu: »Ich hoffe, du hast gefunden, was du gesucht hast.«

»Das hab ich«, sagte ich und ging zurück in meine Klasse.

»Hast du schon mal von etwas geträumt, einem Namen zum Beispiel, den du vorher noch nie gehört hattest, und dann gab's den wirklich?«, fragte ich Ella in der Deutschstunde.

»Ja, hab ich«, sagte sie. »Ich hab den Namen Putenkötter geträumt. Und dann hab ich zu meinem Vater ›Du alter Putenkötter‹ gesagt, und der war ganz erstaunt, weil mal ein Patient von ihm so hieß, aber das war lange vor meiner Geburt. Ich muss den Namen irgendwie aufgeschnappt haben.«

»Ella! Felix! Ich muss euch auseinandersetzen, wenn ihr nicht aufhört zu schwatzen!«, rief Frau Wahlbusch.

»Felix kann sich gern neben mich setzen!«, sagte Mario.

»Nee, lieber neben mich!«, rief Robert und pumpte wie wild Luft in die Luft.

Ich schwieg. Konnte es möglich sein, dass ich den Namen Hulda Stechbarth früher schon mal gehört hatte? Vielleicht damals beim Gespräch mit Doktor Klingbeil. Er hatte ewig was von Tradition gelabert und von den herausragenden Lehrkräften, die in den vergangenen hundert Jahren an dieser Schule tätig gewesen waren. Dabei hatte ich innerlich abgeschaltet, aber man weiß ja, dass das Unterbewusstsein alles speichert. Und irgendwann kommt's zum Vorschein. Im Traum.

Frau Wahlbusch ließ uns Satzteile bestimmen. »Wer sagt mir den Unterschied zwischen Konzessivsatz und Konsekutivsatz?«

»Versteht doch kein Schwein«, murmelte Ella neben mir.

»Das ist lateinisch«, sagte ich. »Genau! Das ist es!«

»Spinnst du jetzt?«

Tat ich nicht. Mir war etwas Wichtiges eingefallen. Das Heft. Theos Lateinheft! Es musste noch auf dem Dachboden liegen. Wenn ich das wiederhätte, wäre das der endgültige Beweis.

Ich konnte kaum das Klingeln abwarten und stürzte die Treppe hinunter zum Hof.

»Wohin so eilig?«, sagte Mario und versperrte mir den Weg. Er zog eine weiße Maus aus einer Tüte und ließ sie vor meiner Nase hin- und herbaumeln. »Hier, als Entschädigung für die fünfzehn Cent, die ich dir noch schulde.«

»Danke.« Ich nahm die Maus. »Aber ich hab's eilig, muss zu Michalski.«

»Hast wohl Sehnsucht nach dem Köter, was?«

Marios Lachen schallte mir hinterher.

Michalski war nicht sehr erfreut, als ich bei ihm klingelte. »Man kann meine Geduld nämlich auch überstrapazieren.«

»Ganz kurz, bitte. Ich hab Donnerstagnacht was verloren. Auf dem Dachboden. Es ist lebenswichtig für mich.«

»Was denn? Deine Zahnspange?«, fragte Michalski und lachte.

»Nein, ein Heft. Ein Schulheft. Ich muss es wiederhaben, bitte, Herr Michalski.«

Ich bin sicher, dass ihn keiner von uns Schülern jemals mit seinem Namen angesprochen hat. Es zeigte jedenfalls Wirkung.

»Dann aber hopp, hopp. Es klingelt nämlich gleich zur vierten Stunde.«

Die Flurdecke im zweiten Stock war ausgebessert worden. Es standen keine Mörtelsäcke oder Leitern mehr herum.

Michalski schloss die Tür auf und wir gingen die Treppe hoch. Sonnenlicht fiel in schmalen Streifen durch die Dachluken auf den staubigen Holzfußboden. Jetzt, im Hellen, sah alles ganz harmlos aus: die ausgestopften Tiere mit ihrem mottenzerfressenen Fell, die Vögel mit ihren löchrigen Federn, selbst das Skelett im Schrank.

Brummend schloss Michalski die Schranktür.

»Dieser ganze Krempel hier gehört längst auf den Müll.«

Da waren auch die aufgestapelten Atlanten, auf denen Schmitti gestanden hatte. Und genau hier musste auch das Heft liegen. Tat es aber nicht.

»Haben Sie es vielleicht neulich Nacht mitgenommen?«, fragte ich Michalski.

»Ich hab nichts angerührt!«, sagte er empört. »Das Einzige, was ich mitgenommen habe, war der Turmschlüssel, den hattest du nämlich stecken lassen.«

Ich suchte nach Spuren auf dem Fußboden, aber es lag an dieser Stelle nicht ein Körnchen Staub. Jemand musste ihn gründlich weggewischt haben. Vor Enttäuschung seufzte ich laut.

»Frag doch mal deine Mathelehrerin, ob die was gesehen hat«, sagte Michalski. »Der musste ich nämlich vorhin den Boden aufschließen, weil sie ihren Schlüssel verbummelt hat. Schon die Vierte in diesem Monat.«

Er wandte sich zum Gehen.

»Was hat sie denn hier oben gewollt?«

»Ganz schön neugierig, was? Irgendwelche Sachen von ihrem Großvater. Der war nämlich mal Lehrer hier.«

»Ich weiß.«

Es klingelte. Wir waren unten an der Treppe angekommen und Michalski verschloss die Tür. »Warum das nun aber ausgerechnet heute und sofort sein musste, hab ich nich kapiert. Der Mann is nämlich schon seit zwanzig Jahren tot.«

Als ich an diesem Tag aus der Schule kam, begegnete ich dem unvermeidlichen Herrn Hühnerkopf im Treppenhaus.

»Zieht der jetzt hier ein?«, fragte er mich.

»Wen meinen Sie?«

»Den Freund deiner Mutter natürlich. Ich frage nur, weil Untervermietung nur mit meiner Genehmigung, und überhaupt muss erst einmal …«

»Er zieht nicht hier ein«, unterbrach ich ihn. »Leider.«

Hühnerkopf lächelte zufrieden.

»Aber er kommt uns ganz oft besuchen.«

Nun lächelte er nicht mehr.

Dienstag, 10. Dezember

Ich habe nun alles aufgeschrieben. Weiß ich jetzt mehr? Ich weiß, dass ich die ganze Geschichte um Schmitti nicht geträumt habe, alles ist genau so geschehen. Tag für Tag, Stunde für Stunde.

Ich weiß aber auch, dass mir niemals einer meine Geschichte glauben wird. Es sei denn, Schmitti sagt die Wahrheit, und das wird sie nie tun. Warum sollte sie auch? Welcher Lehrer würde gerne zugeben, von einem seiner Schüler – dem schlechtesten noch dazu – zum Winzling geschrumpft worden zu sein?

Aber Schmitti ist umgänglicher geworden. Nicht richtig nett, das wird sie nie sein; nur weniger schrecklich. Wir haben die Arbeit noch einmal geschrieben und ich habe eine Vier bekommen. Eine Vier plus sogar. Weiter werde ich es in Mathematik auch nie bringen.

Ansonsten geht alles seinen Gang. Mario kaut immer noch ständig Lakritz. Robert und seine Luftpumpe sind nach wie vor unzertrennlich, die Mädchen gackern wie die Hühner und Ella verstreut ihre scharfen Nudeln auf unserem Tisch. Ich fühle mich wohl in meiner Klasse.

Manchmal stehen wir unten auf dem Schulhof und schauen hinauf zum Turm.

»Und da oben warst du!«, sagt Mario dann. »Um Mitternacht! Das is einfach obercool, Mann!«

Wenn ihr wüsstet, denke ich. Wenn ihr wüsstet.

Einiges hat sich auch verändert. Meine Haare zum Beispiel. Ich war beim Friseur. Wurde auch Zeit. Und Herr Hühnerkopf hat ein neues Opfer gefunden. Unter uns ist eine junge Dame eingezogen. So eine superschicke mit Stöckelschuhen und blondem Haar. Neulich begegnete ich den beiden im Treppenhaus, Hühnerkopf ächzte mit zwei Farbeimern hinter ihr die Treppe hoch. Die blonde Dame zwinkerte mir zu und ich zwinkerte zurück. Ich hab sie nämlich neulich mit ihrem Freund im Café an der Ecke gesehen, aber davon weiß Hühnerkopf nichts.

Meine Mutter muss nicht mehr aus dem Haus, wenn sie etwas wissen will. Dafür verkohlt das Essen noch öfter, weil sie sich im Internet natürlich nicht nur über die Halbaffen Madagaskars informiert, sondern auch andere Dinge tut. Neulich habe ich sie dabei ertappt, wie sie gebannt vor dem Bildschirm hockte, etwas eintippte, aufschrie, wieder tippte, und dann hatte sie einen überflüssigen und dazu noch völlig überteuerten Dampfreiniger ersteigert.

In mein Zimmer darf sie damit jedenfalls nicht. Schmitti könnte Angst bekommen. Schmitti, meine Maus. Sie ist wirklich außergewöhnlich klug. Sie hat gelernt, im Hamsterrad zu laufen. Und sie frisst mir aus der Hand. Käsestückchen und Nüsse. Nur Salbeitee mag sie nicht. Da haben wir etwas gemeinsam.

Fast hätte ich vergessen, was letzten Freitag passiert ist.

Ich war nach der Schule zum Kiosk gegangen, um mir eine weiße Maus zu kaufen, da strich mir etwas um die Beine. Eine Katze. Eine schwarze Katze! Ich schrie auf. Ging jetzt etwa alles wieder von vorn los? Aber es war nicht Hulda Stechbarth. Diese Katze hatte bernsteinfarbene Augen und sie war auch nicht allein.

»Mohrle! Pass auf, Mohrle. Du verhedderst dich in der Leine!«

Der kleine Kuballa bemühte sich, eine Schnur zu entwirren, die er am Halsband der Katze befestigt hatte.

»Mohrle geht gern spazieren«, sagte er.

»Du hast sie also behalten dürfen.«

»Ja«, sagte er und strahlte mich an. »Mein Vater hat es erlaubt. Und du? Hast du deine Katze wiedergefunden?«

»Ja, aber jetzt ist sie wieder weg, und das ist auch besser so.« Bevor er weiterfragen konnte, biss ich in meine Maus und sagte »Tschüs«.

Ich hoffe, Hulda Stechbarth ist da, wo sie hingehört. In der Hölle!

Eben hat mein Vater angerufen und gefragt, ob wir Weihnachten bei ihm feiern wollen. Er kümmert sich um das Essen. Wahrscheinlich hat er Angst, dass meine Mutter wieder alles anbrennen lässt oder irgendwelches Eingeweide im Plastikbeutel mitkocht.

»Einen Baum gibt's auch«, hat er gesagt.

»Mama kauft doch schon einen«, hab ich gesagt.

»Na, dann hast du eben zwei.«

Ich glaube, es gibt Schlimmeres im Leben als zwei Weihnachtsbäume.

Danksagung

Bedanken möchte ich mich bei Herrn Thiel, dem Hausmeister der Rheingau-Oberschule in Berlin-Friedenau, der mich dort auf Dachboden und Turm herumgeführt hat und viel Interessantes über die hundertjährige Geschichte dieser Schule zu erzählen wusste.

Bedanken möchte ich mich bei Gabriele Vervaeke, die mir für dieses Buch den Namen ihrer Großmutter auslieh: Hulda Stechbarth ist einfach zu schön, um erfunden zu sein.

Bedanken möchte ich mich bei Fräulein Brunhilde Schmidt, meiner Deutschlehrerin. Ohne die Wut, die ihre Aufsatzkorrekturen bei mir auslösten, wäre ich wahrscheinlich nie zum Schreiben gekommen.

Und ganz besonders bedanken möchte ich mich bei Ursula Heckel, meiner Lektorin, die mich und meine Bücher nun siebzehn Jahre lang begleitet hat. Es war eine unglaublich spannende und fruchtbare Zeit.

Sabine Ludwig

Sabine Ludwig, geboren in Berlin, schreibt seit 30 Jahren Geschichten für Kinder und gehört heute zu den erfolgreichsten deutschen Kinderbuchautorinnen.

Für ihre Romane wurde sie vielfach ausgezeichnet, unter anderem als Lesekünstlerin. Ihr Buch »Hilfe, ich hab meine Lehrerin geschrumpft« wurde 2015 fürs Kino verfilmt. Sabine Ludwig übersetzt zudem aus dem Englischen und verfasst Hörspiele und Theaterstücke. Ihre Übersetzungen waren bereits zweimal für den Deutschen Jugendliteraturpreis nominiert.

Sabine Ludwig lebt in Berlin.